聖女の力で婚約者を奪われたけど、やり直すからには好きにはさせない

星見うさぎ

24020

角川ビーンズ文庫

目次

Contents

聖女の力で婚約者を奪われたけど、
やり直すからには好きにはさせない
CHARACTERS
【人物紹介】
テオドール・マクガーランド
マクガーランド王国第一王子でジェイドの兄。
巻き戻ったことを知っており、最悪の未来を回避するためエリアナと行動する。
ジェイド・マクガーランド
マクガーランド王国第二王子。エリアナの婚約者。
一度目の生ではデイジーと結ばれ、エリアナに婚約破棄を突き付ける。
エリアナ・リンスタード
婚約者ジェイドに悪役令嬢として断罪された侯爵令嬢。
15歳まで時間が巻き戻る。
一度目の生では魔法適性を持たなかったが、二度目の生では魔法適性を持つ。

メイ

平民の少女。反魔法という稀有な魔法適性を持つ。
二度目の生でエリアナの友人となる。

サマンサ・ドーゼス

伯爵令嬢。二つの魔法適性を持つ。
二度目の生でエリアナの友人となる。

大魔女

悪しき魔の中で殊更厄介とされる。
元は人間。

デイジー・ナエラス

男爵令嬢。周囲に「聖女」と認識されている。一度目の生と違い、二度目の生では入学時から光魔法を持つ。

本文イラスト／切符

序章　婚約破棄、そして

突然《とつぜん》のことだった。エスコートを断られた時点で嫌《いや》な予感はしていた。

三年間通った学園の卒業パーティーでそれは起こった。

「エリアナ・リンスタード侯爵令嬢《こうしゃくれいじょう》！　お前との婚約《こんやく》を破棄《はき》する！　デイジーに対するお前の残虐《ざんぎゃく》非道な行為《こうい》は全《すべ》て把握《はあく》している！　己《おのれ》の愚《おろ》かな行いを後悔《こうかい》するがいい！」

私はあまりのことに呆然《ぼうぜん》としてしまった。

目の前で憎悪《ぞうお》を隠《かく》しもせず、厳しい視線を私に向けるジェイド・マクガーランド第二王子殿下《でんか》。それは最近ではすっかり見慣れてしまった表情だった。

彼は私の婚約者だ。いえ、婚約者だった、と言うべきなのだろうか。

殿下に代わりエスコートしてくださったランスロットお兄様の、私を支える手に力がこもったのが分かった。

「残虐非道な行為、とは？」

私の問いに、殿下はますます表情を険しくさせる。

「しらばっくれるのか？　聖女であるデイジーの貴族としての身分が低いからと、随分《ずいぶん》と虐《しいた》げてきたようじゃないか」

「私はそんなことはしていません！」

「認めないのか！　お前がそれほど醜《みにく》い人間だったとは……そもそも魔法《まほう》適性もなく、どこをとってもデイジーの足下《あしもと》にも及《およ》ばないお前との婚約を、ここまで続けてきたことが間《ま》違《ちが》いだったな！」

私は思わず唇《くちびる》を引き結ぶ。学園に入学する際に行う魔力測定で、私は『適性なし』と判定された。けれど、王子妃《ひ》になるのに魔法適性は必ずしも必要だとはされていない。

魔法適性はなくとも、ジェイド殿下を支えていけるよう、今日まで努力を続けてきた自負がある。それなのに……。

私を睨《にら》みつけながらそう吐《は》き捨てるジェイド殿下の側《そば》には、側近であるカイゼルとリューファス様が控《ひか》えている。

殿下は厳しい声色《こわいろ》のまま、「残虐非道な行為」とやらを一つずつ挙げ連ねていく。

ただし、私には全く身に覚えのないことばかりだ。

「まあ、ついに殿下はご決断なさったのね」

「ほら見て、エリアナ様はこんな時でも表情を変えられないわ」

「さすが、悪役令嬢と言われているだけあって酷《ひど》いものだな」

あちこちから、そんな囁《ささや》きが聞こえてくる。

悪役令嬢？　冗談《じょうだん》じゃない！

それは、私につけられた不名誉《ふめいよ》なあだ名だった。

発端《ほったん》は長く大流行している恋愛《れんあい》小説。身分の低い男爵令嬢が聖女の力に覚醒《かくせい》し、その国の王子妃にまで上り詰《つ》める所謂《いわゆる》シンデレラストーリー。その小説が流行《はや》るとともに、主人公の男爵令嬢に嫉妬《しっと》し虐《いじ》め抜《ぬ》く王子の婚約者が悪役令嬢と称《しょう》され話題になったのだ。

周囲の人たちは、私のことをまるでその悪役令嬢のようだと言っているのだ。

嫉妬で虐め？　そんなことするわけがない！

ちらりと、ジェイド殿下の後ろに隠れるようにして寄り添《そ》っている人物を見やる。

彼女はデイジー・ナエラス男爵令嬢。柔《やわ》らかな茶髪《ちゃぱつ》に桃色《ももいろ》の瞳《ひとみ》の愛らしい容姿。エメラルドのネックレスとイヤリング、淡《あわ》い緑のドレスには金糸で鮮《あざ》やかな刺繍《ししゅう》が施《ほどこ》されている。金髪《きんぱつ》に翡翠《ひすい》色の瞳を持つジェイド殿下の色を全身に纏《まと》っているのだ。見るからに質が良く、男爵家に準備できるものではなさそうなことから、恐《おそ》らく殿下に贈《おく》られたものだろう。寵《ちょう》愛《あい》がその身にあるのは言うまでもないことだった。

彼女は最近神殿《しんでん》に聖女認定《にんてい》されたと話題になっている。……そう、例の小説の主人公のように。

我がマクガーランド王国は愛の女神《めがみ》アネロ様を信仰《しんこう》している。アネロ様は一途《いちず》な愛と誠実を好むと言われていて、この国は高位貴族や王族であっても一夫一妻制だ。それなのに、そんな愛の国の婚約者のいる王子と、女神の使者とされる聖女がこの有様だなんて。

デイジーはジェイド殿下の腕《うで》に絡《から》みつき、全身で怯《おび》えを表すように小柄《こがら》な体を震《ふる》わせて、愛らしいと評判の顔に涙《なみだ》を浮《う》かべながら、私に向かって必死に訴《うった》えかけてくる。

「エリアナ様！　罪を認めて謝罪してください！　でなければ……あなたは処刑《しょけい》されてしまうわっ！」

処刑……一体なんの罪で私を裁くつもりだというのだろう。

あまりの虚《むな》しさに思わず少し笑ってしまうと、視界に映るジェイド殿下が少し驚《おどろ》いたような顔をした。ただし彼は、愛する少女のその顔が、自分の陰《かげ》に隠れた瞬間歪《しゅんかんゆが》んだ嘲笑《ちょうしょう》を湛《たた》えたことには気づかない。

彼女のその表情を見た瞬間、苦しいほどの感情が私の体を駆《か》け巡《めぐ》った。

殿下の愛を失った辛《つら》さ？　裏切られた虚しさ？　それとも醜い嫉妬？

いいえ、これはそんなものではない。

メラッ……。

沸《わ》き上がったのは、静かに揺《ゆ》らめく炎《ほのお》のような感情。赤いそれよりもずっと熱い、青い炎のような。

それは、悲しみと怒《いか》りだった。

積み重なった悲しみも全て溢《あふ》れ出して、強い怒りの炎が私の心を燃やしていく。

愛していたのに。愛していると言ってくれていたはずなのに。

いつから私を見る目が変わっていってしまったのだろう。

殿下の冷たい目が、私がこれまで大切に育ててきた愛を、信頼《しんらい》を、粉々にしていく。

「もういい！　衛兵よ、この女を牢《ろう》へ連れていけ！」

罪状を認めず、謝罪する気配のない私に向けて殿下が大声を上げる。私に寄り添うお兄様がハッと息を呑《の》んだ。まさか本当に牢へ、などと言われるとは思わなかった。

「まさか！　……っエリアナ！　こんなっ、こんなことが許されるわけがない！」

兵に引き離《はな》されたお兄様の悲痛な声が響《ひび》く。けれど非情なことに、私に手を伸《の》ばそうとしたお兄様も兵に組み敷《し》かれていく。

乱暴に腕を摑《つか》まれ連行されながら、あまりの恐ろしさに堪《こら》えきれず、涙が零《こぼ》れる。

どうして？　私が何をしたというの？

涙に濡《ぬ》れた視界の中で、相変わらずこちらを睨みつける殿下と目が合った。

あんなに一緒《いっしょ》にいたのに、どうしてこうなってしまったのか分からない。

その光景を最後に、暗い暗い闇《やみ》の中に吸い込まれていくように私は意識を失った。

頭の奥底で、ずっと誰《だれ》かが私の名前を叫《さけ》んでいるような気がした。

第一章　やり直しの時間

「初めまして、僕はマクガーランド王国第二王子、ジェイドです」

にこやかに首を傾《かし》げ、こちらを見つめる王子様。

輝《かがや》く金色を、美しいと感じたのを覚えている。

どうやらこれは夢らしい。殿下と初めて婚約者として顔を合わせた時の夢だ。

「お初にお目にかかります。リンスタード侯爵家が娘《むすめ》、エリアナ・リンスタードと申します」

王子様は自分より丁寧《ていねい》な挨拶《あいさつ》で返した幼い少女に少しだけ驚いた顔をして、頰《ほお》を少し赤く染めると、さっきよりも強く笑《え》みを浮かべた。

「君はもう立派な淑女《しゅくじょ》だね。僕のことはジェイドと呼んでほしい」

「ジェイド様……」

「うん。その方がいいな。僕と君は今日から婚約者となるのだから」

その言葉に、小さな自分が嬉《うれ》しそうに笑う。

数日前に開かれた殿下の婚約者を探す王妃《おうひ》様主催《しゅさい》の茶会で、ある程度家柄《いえがら》や本人の資質などを考慮《こうりょ》された同じ年頃《としごろ》の貴族令嬢《れいじょう》が集められている中、「この中からならどの子を選んでもいい」と言われていた殿下《でんか》。幸運にも、選ばれたのは私だった。

王子妃になりたいなどという大それた願望を持っていたわけではないけれど、やはり自分を望んでもらえるのは嬉しかった。

婚約者《こんやく》になった殿下はいつだって私に優《やさ》しくて、大事にしてくれていた。

夢の中では小さな私と殿下が王宮の庭で仲良く並んで遊んでいる。

王妃様が管理されているバラ園を、手をつないで歩き、私が思わず綺麗《きれい》だと感嘆《かんたん》の声を漏《も》らした赤いバラを、帰りに小さなブーケにして持たせてくれたことを思い出す。

喜び、幸せに笑み崩《くず》れた私の頬に、そっと殿下が唇を寄せた。

頬を染めた私を甘く見つめる殿下と、微笑《ほほえ》まし気に見守る周囲の大人たち。

小さな頃からずっと、こんな風に一緒に過ごしてきて、誰が好きにならずにいられるだろう？　少なくとも、私は殿下のことが大好きだった。

夢のシーンが変わる。

「エリアナ、私のエリー。こっちをむいて」

「ジェイド様……」

小さな頃からその美しさを違《たが》えない王妃様のバラ園の中で、殿下が私の頬と腰《こし》に手を添えて甘く微笑みかけている。これは、学園に入る少し前の光景だ。

「あと三年待って君が学園を卒業すれば、やっとエリーと結婚《けっこん》できるね。早く君と一緒に暮らしたい」

「ジェイド様ったら……」

「本当だよ。エリー、私はもう君がいないと生きていけない。君を婚約者に望んだ幼い頃の自分を褒《ほ》めてやりたいよ」

「あっ……」

殿下は腰に回した腕に力を入れて私を強く抱《だ》きしめると、そのまま私の頬をするりと撫《な》で、唇《くちびる》に触《ふ》れるだけのキスをした。

「愛しているよ、エリー。ずっと私の側《そば》にいて」

「もちろんです……私もあなたをお慕《した》いしております」

甘く見つめあって、愛を交《か》わす私たち。

この頃の私は、殿下の愛を疑ったこともなかった。殿下を心から愛していた。本当に幸せだった。

けれど、夢の中ですら幸せなままではいさせてくれないらしい。

景色が揺らぎ、ハッとして後ろを振《ふ》り向く。

さっきまで私と殿下がいたバラ園に、デイジーが立っている。

彼女が笑顔で振り向くと、そこにジェイド殿下が現れた。

二人はかつての私たち以上に幸せそうに微笑みあい、身を寄せて何かを囁《ささや》きあっている。

嫌《いや》だ、嫌だ嫌だ嫌だっ！

現実では私はここで耐《た》えきれずに立ち去った。けれど残酷《ざんこく》なことに、今はこの光景から目を逸《そ》らすことができない。これはただの夢？　それとも、現実でも起こったこと？

ジェイド殿下はそっとデイジーを抱き寄せ、優しく唇を寄せる。たまらず私の目からは涙がこぼれた。上手《うま》く息ができない程《ほど》、胸が苦しい。

どうして？　あんなに愛していると言ってくれていたのに。

早く結婚したいと言ってくれていたのに。

私を選んでよかったと、自分は幸せ者だと言ってくれたのに。

あそこは、私の居場所だったはずなのに。

私には、あなただけだったのに……。

思い出の中で、私に向けてくれていた笑顔が、割れたガラスのように粉々に砕《くだ》けていく。

抱きしめあったままのジェイド殿下とデイジーがこちらを見て楽しそうに笑った。

「お前との婚約は破棄《はき》する。お前のことなどもう愛していない。いや、愛していたと思っていたこと自体気の迷いだったようだ」

笑いながらジェイド殿下が吐《は》き捨てる。

ああ、あなたは思い出を大事に胸に抱《いだ》くことさえさせてはくれないのですね……。

絶望に打ち震えたその瞬間《しゅんかん》、気が付けばその場には誰もいなくなっていた。目の前も見えないほどに、辺りは真っ暗だ。

ふと、暗闇《くらやみ》の向こうから、誰かが歩いてくるのが見えた。

顔の見えない誰かの足音だけが響いている。足音は、私のすぐ側まで来て止まった。

「聖女とは、何か」

誰かが呟《つぶや》いた瞬間、モヤが晴れていくように、その表情があらわになった。

「聖女とは何か。考えるんだ」

「何を言って……？」

「考えて、エリアナ。君は考えなくてはいけない」

真剣《しんけん》な瞳《ひとみ》に射貫《いぬ》かれて何も言えなくなる。私に訴《うった》えかけるのは、顔を合わせたことすら数えるほどしかない、テオドール第一王子殿下だった。

「考えるんだ、エリアナ。そして、私に会いに来て……必ず」

何を考えるというの……？

そう尋《たず》ねようと口を開きかけた瞬間——。

「はっ！」

息が詰《つ》まり、飛び起きる。

「お嬢様《じょうさま》！　大丈夫《だいじょうぶ》ですか⁉」

混乱していて頭がぼうっとするけれど、よく見ると自室の寝台《しんだい》の上にいた。手を握《にぎ》ってくれていたらしい専属侍女《じじょ》のリッカが勢いよく飛び起きた私に驚《おどろ》いている。

……私は牢《ろう》へ連れていかれたのではなかったの？　いえ、私は何もしていないのだから、本当に処刑《しょけい》なんてことになるわけがないわよね。

「驚かせてごめんなさい、リッカ。私、悪い夢をみて……」

そう、悪い夢のような出来事だった。心を落ち着けたくて、心配してくれているリッカを見つめる。……あら？　なんだか……違和感《いわかん》が……。

「お嬢様……とてもうなされておいででした」

「……私、随分眠《ずいぶんねむ》っていた？」

「はい、入学式まで随分と忙《いそが》しくされていたのでお疲《つか》れだったのでしょう」

「入学式……？」

ちょっと待って、一体どういうこと？　だって、学園の卒業パーティーで、私は謂《いわ》れなく断罪されて、婚約破棄を突《つ》き付けられて……。

その時、リッカを見て沸《わ》き上がった違和感の正体に気が付いた。なんだかリッカが……

少し若い？　髪《かみ》も、卒業パーティーに向かう朝よりも、少し長い気がする……。

気のせい？　いいえ、やっぱりおかしい！

ばくばくと大きな音を立て始めた心臓を誤魔化《ごまか》すように、シーツをぎゅっと手繰《たぐ》り寄せる。

まさか、時が……巻き戻《もど》っている？

「――お嬢様!?」

混乱の中、導き出された答えに、私は思わず眩暈《めまい》がして、もう一度ベッドに倒《たお》れ込んだ。

ああ、頭が痛い……。こんなことが本当に起こるなんて。

「エリアナ！」

呼びかける声に瞑《つむ》っていた目をゆっくり開けると、焦《あせ》った様子で私を覗《のぞ》き込むお兄様と目が合った。

「大丈夫か、エリアナ……お前が高熱を出して寝込《ねこ》むものだから、ずっと心配していたんだ。ああ、まだ顔色が悪い」

「私……」

お兄様は優しく私の頭を撫でる。どうやら心配して駆《か》けつけてくれたらしい。

ふと自分の手を見つめる。指先が冷えて微《かす》かに震《ふる》えていた。どこまでが夢で、どこまでが現実かが分からない。学園に通った三年間も、婚約破棄も、全《すべ》てが悪い夢だったの？

だけど、混乱する頭に、そんなわけがないと、胸の痛みが告げている。

疲れ果てた心の中に、夢の中で聞いたテオドール第一王子殿下《でんか》の言葉が響《ひび》いていた。

「聖女とは、何か……」

熱も下がり、ようやく落ちついた頃《ころ》、私は情報を整理することにした。

まず、やはり時間が巻き戻ったとしか思えないこと。

学園の入学が十五歳で、婚約破棄を告げられた卒業パーティーの頃は十七歳。およそ三年遡《さかのぼ》ったということになる。夢だと片付けるには三年の時は長すぎた。

反応を見ている限り、リッカや両親、お兄様は巻き戻る前のことを覚えていないようだ。

なぜ時間が巻き戻ったのか、どうして私に記憶《きおく》があるままなのか、よく分からない。

――気になるのは、熱に浮《う》かされて見た夢よね。どうしてもただの夢だとは思えなかった。何か大事な意味があるような気がしてならない。

ほとんど話したことのなかったテオドール殿下の意味深な言葉が気になる。

聖女とは、何か……。

聖女として神殿《しんでん》に認定《にんてい》され、ジェイド殿下の寵愛《ちょうあい》を得ていたデイジー……。

私は、自分の身に起こったことの理由を、知りたいと思っていた。

「お嬢様」

ベッドの上で考え込んでいるとリッカに声をかけられる。

「どうかしたの？」

「はい、第二王子殿下がお見舞《みま》いに見えています」

心臓がどきりと音を立てる。時が戻る前、最後に見た冷たい目が思い浮かんだ。

随分長い時間、私は殿下に冷たい態度をとられ、苦々しい表情ばかりを向けられていた。

そのことを思うと、会うのが怖《こわ》いと思ってしまう。

「すぐに準備するわ」

しかし、会わずにいることはできない。それに、ジェイド殿下が冷たくなっていったのは学園に入学してからのことだ。

だから、大丈夫。自分にそう言い聞かせながらドレスに着替《きが》え、簡単に身支度《みじたく》をして、殿下のもとへ急ぐ。

客間で待っていた殿下は、私の姿を見ると笑顔《えがお》で立ち上がった。

その笑顔を見て、ほっと安堵《あんど》した。ほら、やっぱり、冷たい殿下じゃない。

そもそも冷たくなったジェイド殿下だったら、私のお見舞いになんて来るはずがない。

それが分かっているのに怯《おび》えてしまうのは、やっぱり苦しんだ時間が長かったから……。

「エリアナ、元気になったみたいで良かった。調子はもういいのかい？」

「はい殿下、わざわざありがとうございます」

殿下が困ったように笑う。

「殿下などと。いつものようにジェイドと呼んでくれ」

その言葉を聞いてぎゅっと胸が痛む。

巻き戻る前、殿下に言われたのだ。ある時突然《とつぜん》「今後は名で呼ぶのは控《ひか》えてくれ」と。

学園で他《ほか》の生徒の手前そのようにおっしゃるのだと自分に言い聞かせたけれど、デイジーは名で呼ぶのを許されていた。

「……ジェイド様」

俯《うつむ》きそうになるのを堪《こら》えて声に出すと、殿下は満足そうに頷《うなず》き、私の手を引いて自分の隣《となり》に座らせた。扉《とびら》の横にはリューファス様が控えている。彼は殿下の乳兄弟《ちきょうだい》で騎士《きし》でもあり、学園でも常にお側《そば》についていた。将来は近衛《このえ》として殿下をお支えするのだろう。

「入学式の後から体調を崩《くず》したと聞いて心配していたんだ。良くなったと聞いてすぐに来てしまった。本当にもう大丈夫かい？」

「ええ、もうすっかり良くなりましたわ」

「それならよかった。無理をしてはいけないよ。学園で何かあったらいつでも私を頼《たよ》ってくれ。そうだ、リューファス」

殿下に声をかけられた側近であるリューファス様が、他の護衛から何かを受け取って戻ってくる。

その手には小さな花束。色とりどりの花が美しい。

「王宮の庭園から選んできたんだ」

「まあ、殿下ご自身で？」

昔はいつだって殿下からいただく花束は一色で揃《そろ》えられていた。こんな鮮《あざ》やかなものをいただいたのは初めてだ。

私の手を優《やさ》しく握ったままの殿下の翡翠《ひすい》の瞳《ひとみ》は、温かさを持ってこちらを見つめている。

「……エリアナ？」

私に久しく向けられることのなかった優しい微笑《ほほえ》み。けれど、記憶に残る冷たい視線が脳内にこびりついていて、素直《すなお》に喜ぶことができない。

嬉《うれ》しいのか悲しいのかも分からず、気が付いたときには涙《なみだ》が零《こぼ》れていた。殿下が驚いて息を呑《の》むのが聞こえたけれど、顔を上げることができない。

ふいに温《ぬく》もりに包まれて、気づけば私は殿下に優しく抱《だ》きしめられていた。

「ごめんなさい……」

今の殿下に、私の戸惑《とまど》いなんて分かるはずもない。急に泣き始めるなんて、意味も分からなくて困惑《こんわく》するばかりのはずだわ。

それなのに殿下は何も聞かず、ずっと私の髪をなで抱きしめ続けてくれた。

そう、ジェイド殿下はそういう人だった。優しくて、私に安心を与《あた》えてくれる人……。

殿下は私が泣き止《や》んだ頃に帰って行かれた。私を心配して無理やり時間を作り会いに来てくれていたらしい。最後まで、私がなぜ急に泣いたのか聞かずにいてくれた。

確かにこの頃の殿下はいつだって私に優しかった。殿下にしてみればいつものように私を甘やかしてくれただけなのかもしれない。だけど、時を戻ったばかりの私の体感では随《ずい》分《ぶん》久しぶりに触《ふ》れる殿下の優しさに、どうしても居心地《いごこち》の悪さを覚えてしまう。

同時に、巻き戻る前のあの悪夢のような日々は、やはり文字通りただの悪夢だったのではないか。長い長い悪い夢を見ていただけではないかと、そんな気持ちも湧《わ》いてくる。

「あの、エリアナお嬢様《じょうさま》、またお客様がお見えですが、いかがいたしましょうか……？」

やっと涙が止まった頃、目元を赤くした私にリッカが控えめに尋《たず》ねてきた。

私の返事を待たずに、リッカの向こうから姿を見せたのは……。

「え……？」

すらりとした長身に、艶《つや》やかな黒髪《くろかみ》が美しい、気品溢《あふ》れるその姿。

そこにいたのは、まさかのテオドール第一王子殿下だった。

四阿《あずまや》に場所を移し、対面に座る私たち。

「先触《さきぶ》れもなく、急に訪問するなど、申し訳ないことをしたね」

「いえ、とんでもございません」

準備をしてくれたリッカが下がり、誰《だれ》にも話を聞かれない状況《じょうきょう》になると、テオドール殿下はお茶を一口飲み、私を見つめた。その声色《こわいろ》は優しいけれど、どこか何もかも見透《みす》かすような金の瞳に、射貫《いぬ》かれるような思いがした。

「私がここに来た理由だけれど……実は、君の夢を見てね」

「夢、ですか」

心臓がどきりとする。普通《ふつう》ならば、夢を見たからと私に会いに来たテオドール殿下を不《ふ》審《しん》がるところかもしれないけれど、そうは出来なかった。テオドール殿下の言葉に、私自身が見た意味深な夢を思い浮かべてしまったからだ。

私だって、あの夢がただの夢だとは思えなかった――。

「今から突拍子《とっぴょうし》もない質問をするから、もしも違《ちが》っていたならば何をおかしなことをと笑い飛ばしてくれていい。……ひょっとして君は、今この時間を繰《く》り返している、などということはないか？」

いきなり切り出された話に、息が止まるかと思った。テオドール殿下の言葉が、時間が巻き戻《もど》ったことを指していることは明らかだ。

もちろん、笑い飛ばすような雰囲気《ふんいき》ではないし、そうする気にもなれない。テオドール殿下は冗談《じょうだん》を言っている様子などではなく、至って真剣《しんけん》な表情を浮かべているのだから。

つまり、真剣にそのようなことを聞く気持ちになる何かが、テオドール殿下にはあると

いうことよね。

まさか……。

「第一王子殿下《でんか》も……全《すべ》て覚えているのですか？」

思わず声が掠《かす》れてしまう。おまけに、動揺《どうよう》のあまり質問に質問で返してしまった。

しかし、聡《さと》いテオドール殿下には、今の反応で私が二度目の今を過ごしていることがすっかり伝わってしまったらしい。

「いや、残念ながらほとんど覚えていないんだ。ただ、なぜか二度目であることは分かる。巻き戻る瞬間《しゅんかん》の感覚を覚えているよ」

殿下は気持ちを落ち着かせるように、一度深く息を吐《は》くと言葉を続ける。

「夢に出てきた君は、聖女の呪《のろ》いを解きたいのだと訴《うった》えてくる。あまりにも切実に言うから、ただの夢だとは思えなくてね。目が覚めて色々考えているうちに、思わずここまで来てしまった。……だが、来て正解だったようだ」

聖女の呪いを解きたい……？　それは一体どういうことだろう。疑問に思ったけれど、テオドール殿下にもその意味はよく分からないらしい。

「……色々聞きたいことはあるのですが……私の夢にも第一王子殿下が出てきました」

「ふうん？　テオドールでいいよ」

「……テオドール殿下は夢の中で、聖女とは何か考えろと私に言いました。それに、私に会いに来て、とも」

会いに行くまでもなく、テオドール殿下がこうしてすぐに現れたわけだけれど。

「なるほど……君の様子を見る限り、夢は君が見せているわけではないわけだ」

思わぬことを言われて、まさか、と首を横に振《ふ》る。私にそんなことできるわけがない。

「私の方こそ、殿下が私に夢を通じて何かを教えようとしているのかと思っていました」

二人揃って夢を本気にして、相手が何かを自分に伝えようとしていたと思っていた。

普通に考えるとおかしなことだと分かるけれど、それだけの力があの夢にはあったのだ。

……そう思うと、ますます普通の夢ではなく、なんらかの意味を持つのではないかと思える。

「さっき、私も全て覚えているのかと聞いたね。つまり君は覚えているんだろう？　君の身に何が起こったのか、教えてくれるかい？」

その言葉に、覚悟《かくご》を決めた私は全てを話した。デイジーが聖女になったこと、ジェイド殿下とデイジーの関係、私とのこと、謂《いわ》れのない断罪に婚約破棄《こんやくはき》、あげく処刑《しょけい》されそうになったこと……気づけば時間が巻き戻っていたこと。

あの悪夢のような日々を頭の中で思い返しながら話すのは、とても気力のいることだった。けれど、同時に今この瞬間は別の時間なのだと思うと、少しだけ落ち着いてくる。テオドール殿下が聞き上手だからかもしれない。

私の話をじっと黙《だま》って聞いていたテオドール殿下は、少し考えるような素振《そぶ》りを見せた後、静かに話し始めた。

「……実は、ここに来る前にカイゼルに会った」

「え？」

「二度目の時間を繰り返していることは分かったと言っただろう？　それで、他《ほか》にもそんな風に認識《にんしき》している者がいるのかどうか、顔を合わせる者に探《さぐ》りを入れていたんだけれどね。……カイゼルにも記憶《きおく》があったよ。他には誰も覚えていなかったにもかかわらずだ」

「まさか……」

つまり、カイゼルは知っているのだ。私の苦しい時間も、惨《みじ》めな姿も、あの婚約破棄の瞬間も。

カイゼルは私の幼馴染《おさななじみ》でもあった。けれど彼も殿下と同じように、デイジーに傾倒《けいとう》し、私を憎《にく》み、断罪する側にいた。幼い頃《ころ》からお互《たが》いを知っていたのに、ともに過ごした時間などなかったかのように、感情のこもらない目で私を見ていた——。

「エリアナ嬢！　大丈夫《だいじょうぶ》かい？　顔色が悪い」

手を伸《の》ばしたテオドール殿下に肩《かた》を揺《ゆ》さぶられ、ハッと我に返る。

「私の伝え方が悪かったね。君が何を考えているのかなんとなく分かるけれど、カイゼルについては心配いらないよ。あいつはもう正気に戻っているから」

気になる口ぶりに、思わずじっとテオドール殿下を見つめる。正気に戻ったというと、それまで異常な状態に陥《おちい》っていたみたいではないか。

けれど、テオドール殿下によると、まさにその通りだったというのだ。

「ここからはカイゼルから聞き出した話だが、あいつは巻き戻る前、地下牢《ちかろう》に入れられたエリアナ嬢に会いに行ったらしい」

……私はやっぱり、地下牢に入れられたのね。あんな理不尽《りふじん》な理由で本当に牢に……。

そう思い、心の底が酷《ひど》く冷えていくのを感じる。

そんな私の様子をうかがうように見ながら、テオドール殿下は続けた。

「カイゼルはエリアナ嬢から、得体のしれない魔力《まりょく》を感じたと言ってね。それが気になり君に会いに行き、そして……その魔力を読み取ろうとしたときに、君の体から尋常《じんじょう》じゃない魔力が溢《あふ》れ、あまりの眩《まぶ》しさに思わず目をとじて、気が付いたときには時間が巻き戻っていたらしい」

「…………」

どういうことだろう。私にそんな記憶はないのだけど……。それに、その話だけを聞くと、なんだかまるで――。

「巻き戻った時、カイゼルは悪い魔法から覚めたような気分だったらしい。そしてカイゼルは、時を巻き戻したのは君ではないかと言っていた。私もそれが間違いではない気がしてならないんだよ」

私が、時を巻き戻した？　私が夢を見せていたのではないかと言われた以上に予想外のことを言われて、頭が追いつかない。聞いた話を整理するのでいっぱいいっぱいだった。

「私が来る前に、ジェイドが訪ねてきていたんだろう？　時が巻き戻った話はジェイドにはしたのかい？」

「いえ……」

こんな話、できるわけがない。とても信じてもらえると思えないし、それに、なんて言うの？　あなたは聖女になった男爵令嬢《だんしやくれいじよう》に傾倒して、冤罪《えんざい》で私を処断して、おまけに処刑しようとしたのよって？

「ジェイドにはこのまま言わない方が良いかもしれないね。一度目の話、鍵《かぎ》はその聖女と言われていたという令嬢と、君と、そしてジェイドにあるように思うんだ」

「鍵？」

「そう。あとは……もしかしたら私も」

テオドール殿下も？

私が戸惑《とまど》っているのが分かったのか、殿下は苦笑《くしよう》しながら続けた。

「どうにも……何か、大事なことを忘れている気がするんだ。その何かが、君の夢で私が告げると言う、聖女の力と関係があるような気がしてならないんだよ」

もしも本当に何か忘れているのだとしたら……きっと私もそうなのではないかと思う。巻き戻《もど》って感じている違和感《いわかん》と胸騒《むなさわ》ぎ。重大な何かを忘れている気がする感覚。

「まあ、一体私たちの身に何が起こっているのかはまだ分からないけど。……何はともあれ、よく、頑張《がんば》ったね、エリアナ嬢。君は随分辛《ずいぶんつら》い思いをしたんだろう？　巻き戻る前の私は、一体何をしていたんだろうな。今も、記憶がないことで君の苦しみに寄り添《そ》えないことが苦しいよ」

テオドール殿下《でんか》は少し困ったように、けれど優《やさ》しく微笑《ほほえ》みながら言った。

突然《とつぜん》の殿下の優しい言葉に、思わず涙《なみだ》が込み上げる。

どうしてテオドール殿下はこんなにも優しいんだろう。巻き戻る前の私たちには、ほとんど交流はなかったはずなのに、どうしてこんなにテオドール殿下の言葉で安心できるんだろう。

巻き戻ってから、私は随分泣き虫になってしまったようだ。

テオドール殿下の優しい声を聞いていると、微笑みを向けられていると、気持ちが落ち着いていく。巻き戻って、まだ混乱している時に、すぐに会いに来てくれたからだろうか。同じように二度目であることを認識していて、全てを信じてくれたからかもしれない。

「失礼いたします、エリアナお嬢様《じょうさま》。第二王子殿下から贈《おく》り物が届いていますよ」

明日からいよいよ登校が始まるという夜に、リッカが嬉《うれ》しそうに告げた。実は一度目でも、殿下は入学に合わせてネックレスを贈ってくださったのだ。

『学園でも、いつも私が贈ったものを身に着けていてほしい』

そんな手紙と一緒《いっしょ》に。

「わあ！　綺麗《きれい》なネックレスですね！」

包みを開けると、それを見てうっとりと感嘆《かんたん》の声を上げるリッカ。

「……あら？」

「エリアナお嬢様？　どうされたんですか？」

「あ……いいえ、素敵《すてき》なプレゼントで驚《おどろ》いてしまっただけよ」

「ふふ、歓迎《かんげい》パーティーのドレスも用意してくださる予定なのに、こんなプレゼントまで贈ってくださるなんて。それも殿下の瞳《ひとみ》のお色です！　殿下は本当にお嬢様を愛してらっしゃるのですね」

私は曖昧《あいまい》に笑って返して、手の中のネックレスを見る。

小ぶりのエメラルドに、周りを囲む繊細《せんさい》な銀の意匠《いしょう》が素晴《すば》らしい一つ石のネックレスだ。学園で普段《ふだん》使いができるように派手ではないけれど、とても高価なものだと分かる。

でも……一度目とは違《ちが》うものだった。一度目にもらったのは、金細工に琥珀《こはく》石のネックレスだったのに……。些細《ささい》な変化とはいえ、妙《みょう》に気になる。

この違いが、何かとても重大なことのような気がして仕方ない。

❈

学園の登校初日は、魔力測定から始まる。

測定の結果を踏《ふ》まえて、魔法適性ありの場合は魔法系列に、そうでなければ普通《ふつう》系列に進むことになるのだ。ただ、その系列に入らなければ道が絶たれるということではない。普通系列に進んだ後、新たに魔力に覚醒《かくせい》、魔法適性を得て、次学年から魔法系列に移るなんてことも極稀《ごくまれ》にではあるが、ないわけではないらしい。ディジーがそうだった。

一度目の私は魔法適性なしで普通系列に通っていたけれど、テオドール殿下に聞いたカイゼルの話が本当なら、ひょっとすると私にも何か魔力があるかもしれない。

ちなみにジェイド殿下は強い風の魔法適性があり魔法系列で、基本的な属性全《すべ》てに適性のあるカイゼルももちろん魔法系列、リューファス様は普通系列だった。

デイジーは当初魔法適性なしで、クラスは違うものの私と同じ普通系列だったけれど、二年生に上がる直前に強い光の魔力に覚醒し、聖女認定《にんてい》され、魔法系列に移っていった。その後から、ジェイド殿下は少しずつデイジーに夢中になっていったのよね……。

校門で登校順に受け付けを済ませ、数か所に分かれた会場にそれぞれ受け付け順に案内される。一度目と同じく、私は学園の敷地《しきち》内、校舎の横に併設《へいせつ》されている競技場だった。

競技場にはすでに多くの生徒がいた。時間になり、集まった生徒全員で監督《かんとく》役の教師から説明を受ける。この学園は平等を理念としていて、この場所にも貴族は高位、下位に限らず交じっているし、中には特待生として入学している平民もいる。

「エリアナ、テオドール殿下に話を聞いた」

列に並んでいると、同じ会場だったカイゼルが声をかけてきた。思わず少し緊張《きんちょう》してしまう。カイゼルの様子もどこかぎこちないのは仕方ないわよね。私たちはまだお互《たが》いの様子を探《さぐ》り探り接している。彼は私をわざわざ捜《さが》してきてくれたらしい。ちなみにジェイド殿下は違う会場にいるはずだ。

カイゼルが言っているのは、私も一度目の記憶《きおく》があることについてだろう。カイゼルは他《ほか》の生徒に聞こえないように話を続ける。

「エリアナ、本当にすまなかった。そして、僕は君にお礼を言わなくちゃいけない。あの時、君の魔力を浴びたおかげで、僕は正気に戻った。あれは魔法……いや、呪《のろ》いだったのか……よく分からないけど。間違いなく何かおかしな力が働いていた」

複雑な気持ちがないとは言わない。けれど、事前にテオドール殿下が話してくれていたおかげか、恐怖心《きょうふ》などは持たずに済んでいるし、思っていたよりも冷静にカイゼルの話を聞けている自分がいた。

いや、ひょっとしてカイゼルに何かを思う余裕《よゆう》もないくらい、気になることを言われたからかもしれない。

「待って、おかしな力ってどういうこと……？」

「殿下は王族として精神操作系の魔法に対抗《たいこう》する魔道具《まどうぐ》を持っていたし、僕だってそれに屈《くつ》しない訓練を小さな頃《ころ》から積んできた。だからあれがなんだったのかは分からないけど……デイジーは間違いなく……何か普通ではない力で皆《みな》の心を操《あやつ》っていたと思う。そして、それをエリアナが解いてくれたんだ」

カイゼルが記憶を持ったままであること、巻き戻る前に正気に戻ったことは、やはり私の魔力に理由があるのではないかということだった。今も同じ魔力を私から感じるらしい。

私は、とりあえずカイゼルを信じることにした。とても嘘《うそ》をついているようには見えなかったから。

「自分じゃとても信じられないけれど……私、魔法適性ありになるのかしら？」

「そうなると思うけど。普通の魔法で時を巻き戻すなんてできっこないから、エリアナは何か特別な力を持っているのかもしれないね」

特別な力なんて言われてもよく分からない。相変わらず、自分に新たに魔力が備わった感覚すら一切《いっさい》ないのに。もちろん時を巻き戻《もど》した自覚も記憶もない。

とにかく、分からないことを考えても仕方がないわよね……。そう思い、私は学園でのジェイド殿下やデイジーについて考えを巡《めぐ》らせる。

魔法系列と普通系列は校舎が別棟《べつむね》になるため、殿下と授業で一緒になることもなく、一度目の私たちは学園で同じ時を過ごす機会はあまりなかった。

最初の頃は昼を共に過ごしていたけれど、デイジーが聖女になってからは、いきなり環《かん》境《きょう》の変わった彼女のサポートとして殿下が側《そば》にいることが増え、そのうちにみるみる二人の仲が近づいていったため、途中《とちゅう》からはそれもなくなっていった。

巻き戻る前と違って私が魔法適性ありになったら、その時点で一度目とは違うことになる。そうすると、少しは何かが変わるのかしら……。とはいえ、それくらいじゃあまり意味がないかもしれないけれど。

それでも、一度目と何かが変わることは悪いことではないように思える。

生徒は促《うなが》されるままにいくつかの列に分かれ、魔力測定をしていく。カイゼルは私の後ろに並んだ。

「――次、エリアナ・リンスタードさん、前へ」

「はい」

教師の前には水晶《すいしょう》がある。ここに手を添《そ》えて魔力を込めると、適性の有無《うむ》と、魔法適性ありの場合は自らの適性魔法が分かるようになっている。水晶の中に魔法が展開され、具現化するのだ。

例えば火魔法なら赤い炎《ほのお》が揺《ゆ》らめき、水魔法なら煌《きら》めく青い水が溢《あふ》れ、風魔法なら小さな緑の竜巻《たつまき》が渦《うず》巻き、土魔法なら白い砂がさらさらと満ち、光魔法なら眩《まばゆ》い金色の光が放たれる。他にも希少魔法などもあるけれど、大体そんな風に分かりやすい形で現れるようになっているのだとか。

私は少し緊張しながら、水晶にそっと手を添え魔力を込める。

……やっぱり、変化はなさそう？

反応のない水晶にがっかりしていたその時だった。

「きゃあああ!?」

「なんだっ!?」

ざわめきとともに、数列離《はな》れたところにある列の水晶が、目を開けていられない程《ほど》の眩い黄金色の光を放った。

私はどきりとしてその光を見つめる。

数秒経《た》ち、徐々《じょじょ》に光が落ち着いていく。

その中心にいたのは、忘れもしない、茶髪《ちゃぱつ》に桃色《ももいろ》の瞳の愛らしい女子生徒。デイジー・ナエラス男爵令嬢《だんしゃくれいじょう》だった。

デイジーの周りに、わっと他の生徒が集まっていく。

「すごい！　これほど強い光魔法適性は見たことがないぞ！」

「眩《まぶ》しくてまだ目がチカチカしますわ……」

「これは神殿《しんでん》にも報告しなければ――」

「――こんなに強い光魔法適性……もしかして聖女様なんじゃないか？」

周りの騒《ざわ》めきは会場中を包み、止まらない。私はそれを呆然《ぼうぜん》と見ていた。

「早すぎる……」

入学当初、デイジーは適性なしだったはずなのに……。

動揺《どうよう》の中、体の中心がじわりと熱くなるのを感じた。ゆらゆら、ゆらゆら、炎が私の中で揺らめく――。

「青い、炎……？」

監督教師はデイジーを取り巻く騒《さわ》ぎに呆気《あっけ》に取られていたけれど、カイゼルの声が微《かす》かに聞こえて、呆然としたまま手元の水晶に目を向ける。

水晶の中で、私の胸に燻《くすぶ》っているものと同じような、青い炎が静かに揺らめいていた。

放心状態から完全には抜《ぬ》け出せないまま私の魔力測定は終わり、水晶のもとを離れながら監督《かんとく》教師に渡《わた》された測定結果の用紙を確認する。

エリアナ・リンスタード
魔法適性：有
適性属性：火魔法

「火魔法……」

怒《いか》りと悲しみで自分の中に火が揺らめくのを感じるようになった、と思ったら、本当に火の適性が芽生えていたわ……ちょっと複雑な気持ち。

そんなことを思いながら列から離れた時、バリン！　と近くで破裂《はれつ》音が聞こえて、思わず振《ふ》り向いた。

赤茶色の髪《かみ》を両肩《りょうかた》で三つ編みにした、青い瞳《ひとみ》が印象的な女子生徒の前で、水晶が粉々に砕《くだ》けている。

「ご、ごめんなさいっ……！　この水晶、高いですよね⁉　べ、弁償《べんしょう》ですか⁉」

女子生徒は顔を蒼白《そうはく》にして、ぶるぶると震《ふる》えながら泣き始めてしまった。

監督教師はとてもびっくりした顔をして、泣いている彼女に何事かを言うと測定結果用紙を渡し測定を終えた。どうやら水晶が割れる前に測定結果が出ていたらしい。すでに次の生徒のために別の水晶を用意している。

女子生徒のあまりにも悲愴《ひそう》な顔に、私はデイジーのことを一旦《いったん》無理やり頭の隅《すみ》に追いやり、一人で列から離れて競技場の隅の方に向かった彼女に近づいた。

「血が出ているわね。手を見せて」

「へっ？」

涙《なみだ》でぐしゃぐしゃになった顔で振り向いた彼女の、水晶に触《ふ》れていた手からほんの少し血が出ていた。水晶が割れた際に破片で切ってしまったのだろう。

「教師の皆様《みなさま》も、治癒魔法《ちゆまほう》くらいその場でかけてくだされればいいのにね。痛いでしょう？」

「あ、いえ、そんな、ごめんなさいっ……後で医務室に行きますから」

思わず手を引っ込めようとした彼女の手を優《やさ》しく握《にぎ》る。触れた手は私以上に冷え切り、まだ震えていた。彼女はどうやら平民の特待生のようだった。

少しでも安心させてあげられればと、視線を合わせてにっこり微笑《ほほえ》みかける。

「大丈夫《だいじょうぶ》よ。治癒はすぐだから。それだけ気持ちが乱れてしまっていたら自分で治癒をかけるのも難しいでしょう？　私に任せて」

「いえ、とんでもないです！　そんな、恐《おそ》れ多いですし、それにっ」

私が貴族だと察して恐縮《きょうしゅく》しているのだろうか？

「本当に気にしないで。この学園の生徒になったからには私とあなたは平等でしょう？　それに生活魔法《まほう》しか使えなくてもこれくらいの傷を癒《いや》すことはできるわ。ね？」

簡単な治癒ならば、魔法適性がなくても直接魔力を注ぐことで施《ほどこ》すことができる。生活魔法と同じ要領だ。もちろん、大きな傷を治せるのは光魔法や聖女の力くらいだけど。

「そうではなく、実は私……」

ずっと断り続ける彼女に、もしかして余計なお世話だったかしらと不安になってくるけれど、今更《いまさら》引き下がることもできないので諦《あきら》めてほしい。

「ねえ、お名前を聞いてもいい？」

「あっ……メイと言います……」

「メイさんね。私はエリアナよ」

私はメイさんの手を両手で包み込み、そのまま彼女の傷が治る様に祈《いの》りを込めて魔力を注いでいく。……なかなか治らない。おかしいわね。この程度の傷なら魔法適性のない頃《ころ》の私でもすぐに癒せたはずなのに。不思議に思いながら、もう少し強く魔力を注いだ。

すると、ようやく傷口に光がともり、やがて傷は綺麗《きれい》に消えた。

「よかった。綺麗に治ったみたいね」

少し安心しながら笑いかけると、メイさんは目を見開き、ぴしりと硬直《こうちょく》していた。

「なんで……」

癒《い》えたばかりの手をじっと見ていたかと思うと、メイさんは顔を上げて、今度は私を凝視《ぎょうし》した。

「どうして、治せるんですか……私には、治癒魔法は効かないはずなのに」

「え？」

「治癒魔法だけじゃない。どんな魔法も効かないはずなのに……」

そう言いながら、彼女は自分の測定結果をこちらに向けて見せてきた。

「私、ずっと自分は特異体質なんだと思ってました。でもそうじゃないって、さっき分かったんです。この適性のせいだったんです。だから……魔法なんて効くはずないんです」

……どういうことだろう？　混乱しながらも彼女の測定結果を見てみると、そこには私が初めて知る適性属性が書かれていた。

メイ
魔法適性：有
適性属性：反魔法

「私の属性は、反魔法だそうです。今まで一度も……治癒も、攻撃《こうげき》も、魔法は一切《いっさい》効いたことがありません」

……巻き戻《もど》ってから色々なことが起きすぎて、完全にキャパオーバーだわ。

魔力測定を終えて、教室へ向かうために渡り廊下《ろうか》を歩いていると、不穏《ふおん》な声が耳に飛び込んできた。

「ちょっと適性魔法の力が強いからって、調子に乗っているんじゃありませんの？」

「そ、そんな……私はっ」

「まあぁ！　男爵令嬢風情《ふぜい》が口答えなさるなんて！　流石《さすが》、才能がおありの方は自信があって羨《うらや》ましいですわ！」

「……」

「なんとか言ったらどうなの？　それとも、答える価値もないというのかしら？」

責め立てるような声を聞いて、一度目の時に理不尽《りふじん》な侮蔑《ぶべつ》と嫌《いや》みを受け続けてきたことを思い出し、ぶるりと体が震えた。前は言われるばかりで言い返すこともできず、じっと耐《た》えるしかなかった。自分のことで精いっぱいで、周りに目を向けることもできなかったけれど、知らないだけでこういうことはたくさん起こっていたのかもしれない。

でも、やり直すからには好きにはさせない。少なくとも私の目の届く場所で、こういう横暴は許さない。

「とても楽しそうね？　どんな遊びをなさっているの？」

足を踏《ふ》み出し、なるべく嫌みったらしく見えるような笑《え》みを浮《う》かべて言った。

途端《とたん》に、一人を囲んでいた数人の令嬢《れいじょう》たちがはっと振り向き、顔を青くする。殿下《でんか》との仲がこじれていない今、やはり王子の婚約者《こんやく》という肩書《かたがき》は強いらしい。

「し、失礼いたします」

ご令嬢方は言い訳のように何事か言いながら、それでも私がじっと見つめるとあっという間に逃《に》げ出していった。

「あの……ありがとうございました」

声をかけられた方を振り向くと、静かに心が冷えるのを感じた。さっきは囲んでいるご令嬢たちに隠《かく》れて見えなかったけれど、お礼を言いながら頭を下げたのはデイジーだったのだ。

「い、いいえ。大丈夫だったかしら？　怪我《けが》はない？」

顔が引きつるのを感じながらもなんとか微笑むと、デイジーは満面の笑みを返してくれた。

「はい！　なんともありません。エリアナ様が助けてくださったおかげで」

その屈託《くったく》のない笑顔と心からの言葉にどきりとする。……そうよね、今の時点ではまだデイジーは私とのわだかまりも何もない、ただの一人の女子生徒なんだものね。

私は無意識に詰《つ》めていた息を吐《は》き、肩の力を抜《ぬ》く。

「また何かあったら、いつでも相談してください。私、あんな卑怯《ひきょう》なこと……許せないの」

本心から言ったのだけれど、デイジーは目をぱちくりとさせた。

「それでは、私はもう行きます。お気をつけてね」

「あ……エリアナ様！」

立ち去ろうとした私を呼び止めたデイジーは、もう一度嬉《うれ》しそうに笑った。

「助けてくださって、本当にありがとうございました！　――どうしようもない時には、また、私を、助けてくださいますか？」

「……もちろん、私の目の届く範囲《はんい》であれば、あなたを助けると約束するわ」

「ありがとうございます！」

ぺこりと深く頭を下げると、彼女は私とは別の方向へ走り去っていった。

……最後の、なんだったのかしら。

『助けてくださいますか』

そう言った彼女の顔が一瞬《いっしゅん》ものすごく寂《さみ》しそうに見えて、しばらく頭から離《はな》れなかった。

学園では、系列ごとにそれぞれ三クラスに分かれることになる。分かりやすく上位クラス、中位クラス、下位クラスだ。今回の魔力測定で初めて属性魔法が確認《かくにん》された私は下位クラスになった。平民であるメイさんとも同じクラスだ。その他《ほか》に、リューファス様の婚約者であるサマンサ・ドーゼス伯爵《はくしゃく》令嬢も同じクラスになった。彼女は元々入学までに魔法学習を受けていたが、魔力測定で初めてもう一つ魔法適性があることが分かったらしく、下位クラスを望んだのだとか。私たちはすぐに友人になった。

デイジーは、ジェイド殿下やカイゼルと同じ上位クラスになったと聞いた。

ちなみに学年は違《ちが》うけれどテオドール殿下もお兄様も魔法系列で、テオドール殿下は上位クラス、お兄様は中位クラスに在籍《ざいせき》している。

確かに、魔力測定をする前に考えたように、巻き戻る前とは違ってきている。だけど、デイジーが初めからジェイド殿下と同じクラスになるなんて考えてもいなかった。

この変化がいいことなのか悪いことなのかはまだよく分からない。

＊

新入生歓迎《かんげい》パーティーの日、私はジェイド殿下が贈《おく》ってくれたドレスを身にまとっていた。煌《きら》めくエメラルドグリーンの滑《なめ》らかな生地《きじ》が美しいAラインドレスで、ところどころ金のレースがあしらわれている。ため息が出るほど美しい、ジェイド殿下の色のドレス。

だけど——これもまた、ネックレスと同様、一度目に贈られたものとは違うものだった。

前は、確か黄色のドレスだったはずだわ。もちろんこのドレスもすごく素敵《すてき》なドレスではあるのだけど……一度目との違いがどうにも気になり、モヤモヤとしてしまう。

「エリアナ、すごく綺麗だ」

迎《むか》えにきてくださったジェイド殿下は蕩《とろ》けるような笑顔で甘く囁《ささや》いてくれた。

「ありがとうございます、ジェイド様。素敵なドレスのおかげですわ」

学園のダンスホールの側《そば》まで馬車を付ける。殿下にエスコートされて会場に入ると、もうほとんどの新入生が集まっているようだった。会場中が飾《かざ》り立てられ、バルコニーの側には料理がずらりと並べられた長いテーブルがある。

「ジェイド殿下、エリアナ様、ごきげんよう」

会場に入ってすぐ、声をかけてきてくれたのは、リューファス様と、彼にエスコートされたサマンサ様だった。

「サマンサ様、ごきげんよう。リューファス様も」

サマンサ様はリューファス様の瞳《ひとみ》の色である赤いドレスを着ていた。黒い瞳が存分に引き立っていてとても妖艶《ようえん》だ。きっとリューファス様が贈ったものだろう。

「向こうの方にメイもいましたわよ。ダンスが終わったらぜひ一緒《いっしょ》にお話ししましょうね」

リューファス様とジェイド殿下が話している間に、にこにこと教えてくれるサマンサ様。

メイは同じく特待生の男子生徒にエスコートしてもらえることになったと言っていた。

新入生の中で一番身分が高いのはもちろん王族であるジェイド殿下だ。ダンスは普通《ふつう》、その場で身分が一番高い者が一番に踊《おど》るため、今日は私たちが一番初めに踊ることになる。

ファーストダンスが始まる前に、パーティーを主催《しゅさい》してくださった生徒会からの挨拶《あいさつ》が入る。今の生徒会長はテオドール殿下だ。

テオドール殿下の挨拶を聞きながら、考えていた。

一度目の今日のことが、どうもモヤがかかったようにあまり思い出せないのだ。体感では約三年前とは言え、こんなにも具体的なことを何も思い出せないなんてあるだろうか。

今日のことだけではなく、はっきりと思い出せることとそうでないことの差が大きい気がする。もちろん、全《すべ》てのことを細部まで覚えているなんてできなくて当然なのだけれど……。

そんな風に考え事をしているうちに、楽団の演奏が始まった。

「美しいお姫《ひめ》様、私と踊っていただけますか」

いたずらめかして言うジェイド殿下に、私も微笑《ほほえ》み返す。

「もちろん、よろこんでお受けしますわ、王子様」

私は差し出された手を取り、そっと体を預け、ドレスを翻《ひるがえ》した。

エメラルドグリーンがふわふわと揺《ゆ》れるたびにシャンデリアの光が煌めき、周りの生徒がほうっと感嘆《かんたん》の息を吐くのが聞こえた。

「ふふ」

「どうされましたか？」

「みんなが美しい君に見惚《みと》れているなと思って」

「まあ、そんな……」

「ほら、こっちを向いて。楽しく踊ろう」

にこにこと嬉しそうな殿下《でんか》の顔を必死で見つめる。

ああ、いけない。ジェイド殿下から向けられる、褒《ほ》めるような言葉に、蕩けるような笑顔。それが嬉しくないわけじゃないのに、どうしても……巻き戻《もど》る直前に見た冷たい視線が、厳しい言葉がよぎってしまう。それに、冷たくされ始めるまでは普通だったこの甘い態度が久しぶり過ぎて、少し恥《は》ずかしくもあって……。一度意識してしまうといたたまれなくて、思わず目をそらしてしまった。

ふと、視線の先に、男子生徒と談笑《だんしょう》しているテオドール殿下を見つけた。

テオドール殿下とジェイド殿下は、さすがご兄弟だけあってよく似ている。黒髪《くろかみ》に金色の瞳のテオドール殿下に対し、金髪《きんぱつ》に翡翠《ひすい》色の瞳のジェイド殿下。色彩《しきさい》こそ全く違う上に、雰囲気《ふんいき》が違うので気づかなかったけれど、こうしてよく見てみると微笑んだ顔が湛《たた》える甘やかな色気などはそっくりよね。

見つめすぎたのか、テオドール殿下がこちらを振《ふ》り向いて、金色の瞳と目が合った。その途端《とたん》に、殿下はふわりと微笑む。私はどきりとして、控《ひか》えめに微笑み返すことしかできなかった。

なんとかダンスを終えた後は、合流してきたメイやサマンサ様とゆったりと話しながら過ごした。ジェイド殿下もリューファス様や他の男子生徒とお話ししていて、終始和《なご》やかな雰囲気でパーティーは進んでいく。

こうして穏《おだ》やかに過ごしていると、ふと思う。色々と考えなければならないことは多いものの、私は今日も幸せよね。巻き戻る前には考えられなかったほどに平和で、幸せ。ただ……正直なところ、幸せであればある程《ほど》、不安に襲《おそ》われるのだ。まるでその幸せがただのまやかしのような、今いる場所が自分の居場所ではないような、そんな不安に。

巻き戻る前の記憶《きおく》はそれほどまでに、強い呪縛《じゅばく》となって私の心を縛《しば》っているのだろう。

一度目の歓迎パーティーでは、デイジーはまだ私ともジェイド殿下とも接点はなかった。今日だって二人が接触《せっしょく》する気配はない。ジェイド殿下は優《やさ》しいし、デイジーだっておかしな行動はしていない。

考えているうちにますます不安になってしまった私は、またテオドール殿下の方を見ていた。無意識のうちに目で追ってしまっていたらしい。ハッと気が付いて、視線を逸《そ》らす。

私ったら、何をやっているのか……。だって、なんだかテオドール殿下のことを見ていると、不安が和らいでいくような気がするのよね……。

とにかく、不安になるのは仕方ない。これから私は、運命を変えようとしているのだから。

そう、一度目のような未来は絶対に回避《かいひ》しなくちゃ。それに、本当にジェイド殿下とデイジーが想《おも》いあっていたのならまだしも、カイゼルが言うようにデイジーが何かしらの力を使ってジェイド殿下や他の人たちを操《あやつ》っていたのなら、何もできないままにジェイド殿下をデイジーに渡《わた》すことなんてできない。

今はまだ、これからどうすればいいのか、分からないけれど……。

遠くで数人のご令嬢《れいじょう》と談笑しているデイジーを視界の端《はし》に捉《とら》えながら、そんなことを思っていた。

第二章　色違いの魔法の秘密

新入生歓迎パーティーが終わり、学園では本格的な授業が始まった。

「では、実際に二人一組になり魔力《まりよく》の受け渡しをしてみましょう」

担当教師であるオリヴァー先生の言葉に、隣《となり》の席に座るメイと向き合う。

「エリアナ様、よろしくお願いします！」

「こちらこそ、よろしくね」

向き合ったままメイと両手を取り合うと、そのまま意識を集中させて、循環《じゅんかん》させるイメージでゆっくり魔力を流してみる。

「わあっ！　すごい……これがエリアナ様の魔力……」

呆《ほう》けたように呟《つぶや》くメイの様子に、うまくいったみたいだと少し嬉《うれ》しくなった。実は、魔力測定で適性ありと診断《しんだん》されてから、毎日一人で自室にいる時間に魔力操作の練習をしていたのよね。

「ねえ、メイも試《ため》しにやってみたら？」

「でも、私は……」

「適性魔法が反魔法だから魔法を受け付けないだけで、あなたも簡単な魔力操作は普通にできるようになると思うのよね」

「えっ？」

「だって、こうしているとメイの魔力の流れも感じるもの」

魔力操作の練習のおかげで、魔力をしっかり感じることができるようになった。

そして、こうしてメイの体へ魔力を流すように循環させていると、その流れとは別に自分のものとは質の違《ちが》う魔力が漂《ただよ》っているのを感じるのだ。魔力が漂っているのを感じるということは、循環させられるだけの魔力が備わっているということだと思いそう言ったのだけど、メイはとても驚《おどろ》いた顔をした。

「私も魔力操作ができる……？」

「きっと、反魔法の作用の方が大きくて生活魔法の発動が難しいだけで、魔力自体が扱《あつか》えないわけじゃないと思うのだけど」

生活魔法を発動させる基礎《きそ》魔力と、属性魔法を発動させる魔力は異なる。イメージ的には基礎魔力が血液で、属性魔法を発動させる魔力は体力や筋力のようなものだろうか。

基礎魔力はそもそも生まれた時からその人に備わった特有のもの、属性魔法の魔力は努力次第《しだい》でその魔力量も増えていく。ただし、私のように突然覚醒《とつぜんかくせい》する場合はあるものの、最初から資質の有無《うむ》だけは決まっている。

メイの反魔法は無意識に常時発動しているようなので、自らの基礎魔力についても、魔法として発動させる前に打ち消している状態じゃないかと思うのよね。

この魔力操作の座学の授業内容から、魔法を発動させる前段階である魔力の循環程度なら反魔法も発動しないのではないかと思ったのだ。

「エリアナさんの言う通り、魔力操作ならば反魔法でもできるでしょう。精度の高い魔力操作が可能になれば、努力次第で反魔法の魔力波を放出することも理論上は可能です」

私たちの会話が聞こえていたらしいオリヴァー先生がにこやかに言った。

オリヴァー先生は紺色《こんいろ》の長髪《ちょうはつ》を緩《ゆる》く一つに束ねた、長身で穏やかな男性だ。二十四歳の未婚《みこん》らしい。人気のある先生で、女子生徒が噂《うわさ》しているのを聞いたことがある。

「本当ですか⁉」

オリヴァー先生の言葉に、メイは目を輝《かがや》かせて喜んだ。

「ただし、先ほどエリアナさんが考察していた通り、反魔法の作用が大きい上に常時発動している状態のため、基本的な魔力操作の練習自体がとても難しいものになります。上げて落とすようですが、それを乗り越《こ》え自分の魔力を扱えるようになった反魔法適性者の例はほとんどありません」

反魔法の適性者自体がほとんどいないと言われている。私なんてメイと出会うまで、そんな属性があることも知らなかったくらいだ。

実際、学園でも特に魔法に秀《ひい》でていると言われる教師数人しか反魔法について分からなかった。その数人のうちの一人がオリヴァー先生だ。

「でも、ほとんどいないっていうことは、できた人もいたってことですよね……？」

「はい。実は私は以前、あらゆる国を旅していたことがありまして。その頃《ころ》に遠い国で反魔法適性者の男性に会ったことがあります。その方が実際に魔力操作で反魔法の魔力を操《あやつ》ることに成功していました。並々ならぬ努力はいるでしょうが……。それにしても生きているうちにまた反魔法適性者に出会えるなんて、一人の魔法使《まほうつか》いとして私は幸運です」

「先生……っ！　私も、私も先生の生徒になれて幸運です！」

思わぬ可能性に感激して瞳《ひとみ》を潤《うる》ませたメイを、微笑《ほほえ》まし気に見つめながら先生は続ける。

「メイさんにとってはエリアナさんとの出会いが一番の幸運になると思いますよ。反魔法適性者であるあなたに魔力を循環させることができるなんて普通《ふつう》は無理です。よほど相性《あいしょう》が良いのでしょうか？　反魔法適性者と相性の良い魔力があるなんて思いもしませんでした。人の魔力循環を感じられるかそうじゃないかで、難易度は格段に変わるでしょう」

何事も経験は大事だということですよとオリヴァー先生は言った。

メイは潤ませた目のまま、私に出会えた感激をこれでもかと伝えてくれる。

それはいいのだけど……そのうちに、思いもよらないことを言い始めた。

「あの、気になってたんですけど……エリアナ様に魔力を流してもらうと、ものすっっっごく気持ちいいんですけど、これって普通ですか？　それとも先生が言うように相性がいいからですか？」

エリアナ様としかしたことないから分からなくて、と続けたメイの言葉に、一番食いついたのはオリヴァー先生だった。

「相性がいいとそうでない場合よりも、温かいだとか、心が凪《な》いでいく感覚があるとは言いますが、気持ちいい、ですか……。エリアナさん、試しに私に魔力を流してみていただけますか？」

先生までもが興味を示したことで同じ授業を受けていた他《ほか》の生徒たちもこぞって周りに集まってきた。メイもサマンサ様ももちろん興味津々《きょうみしんしん》だ。なんだか思わぬ展開になって来たわね……？

こうなったら仕方ないと、私は一つ深呼吸をしてから、差し出されたオリヴァー先生の両手を握《にぎ》り、促《うなが》されるまま魔力を流していく。

流し始めるとすぐに、先生は息を呑《の》んだ。

「これは……確かに、ものすごく気持ちがいいですね……」

他に言葉が出ないといった様子の先生に、見守っていた生徒たちも盛り上がっていく。

「エリアナ様！　できれば次は私に魔力を流してほしいですわ！」

興奮気味なサマンサ様が私に詰《つ》め寄ってきた。

勢いに負けて次はサマンサ様の手を握る。

「は～っ、気持ちいいってこういうことですのね……」

魔力を流し始めてすぐにサマンサ様の顔がうっとりしてきた。

さっきまでサマンサ様のペアをしていた男爵令息《だんしゃく》キースが、すぐ近くでそんなサマンサ様の顔を見てしまい、頬《ほお》を染めているわよ？

「あ、あの……僕たち二人とも魔力操作がうまくいかなくて……できれば僕たちにもエリアナ様の魔力を受けさせてもらえないでしょうか」

恐《おそ》る恐るといったように手を挙げたのは特待生のジミーで、彼のペアで商家の息子《むすこ》のドミニクも窺《うかが》うようにこちらを見ている。

「ご期待に添《そ》えるかは分かりませんが、それでもよろしければ……」

気持ちいいってどういうこと？　とさっぱり分からない私は期待の眼差《まなざ》しに怯《ひる》みながらも了承《りょうしょう》した。

すると、他の生徒からも「ずるい、自分もしてほしい！」と声が上がり始めた。なんとなく自然に順番待ちの列までできている。

ちらりと横目で見るも、オリヴァー先生は余韻《よいん》に浸《ひた》るばかりで何も言わない。

仕方ない、こうなったらやるしかないわよね！

結局その日の授業の残りの時間は、皆《みな》が私の魔力操作を受ける時間となったのだった。

全員に魔力を流し終えた頃には、この授業の参加生徒全員が随分《ずいぶん》と仲良くなっていた。

一つのことを共有し一緒《いっしょ》に盛り上がると心理的な距離《きょり》が近づくと聞いたことがあるけれど、これもそういうことだろうか。一度目に友達が一人もいなかった身としては、その中心が自分であることは少しむず痒《がゆ》いけれど。

「魔力を受けて気持ちいいってあるんだな……俺、この授業の参加者でよかった～！　特別扱いを自慢《じまん》してた奴《やつ》にムカついてたけど、逆にざまあみろって感じだ」

皆で話していると、しみじみとキースがそんなことを言った。

その言葉にメイが首を傾《かし》げる。

「特別扱いを自慢してたってなんですか？」

「あ～魔力測定で目立ってた強い光属性適性者の女子生徒がいただろ？　聖女じゃないかって有名になったことで神殿《しんでん》と懇意《こんい》になったらしくて、魔力操作なんかの基礎的なことは神殿の偉《えら》いさんが直々に特別指導してくれるんだってさ。それをでかい声で自慢するもんだから、結構周りの顰蹙《ひんしゅく》買ってるんだよ。身分もそんなに高くないから余計に」

「私も彼女と同じクラスに友人がいるのだけど、本当にひどいみたい。元々彼女と仲が良かった子たちの中にも距離を置き始めた子がいるわ。結構夢見がちな子らしいから、突然《とつぜん》自分をとりまく空気が変わって舞《ま》い上がっているのかもね」

その他にも、次々とデイジーへの不満の声が上がっていく。私はその様子に驚《おどろ》いてしまった。一度目の行いはともかく、つい最近話した感じではそんな風には見えなかったのに。

そう考えて、ふと一度目によく聞いていたことを思い出す。

噂が聞こえ始めた最初の頃、デイジーは『高位貴族の前でだけいい子ちゃん』と揶揄《やゆ》されていた。

それが、ジェイド殿下《でんか》たちが彼女に侍《はべ》るようになってからは『高位貴族の見目の良い男子生徒の前でだけいい子ちゃん』に変化していった。

今、私の前で見せる姿は所謂《いわゆる》『いい子ちゃん』の姿だということだろうか。もしそうだとすると、随分と振《ふ》る舞いが上手《うま》いように思う。

体感してみて思うけれど、悪い噂を耳にしていても、あれだけ純粋無垢《じゅんすいむく》な顔でまっすぐに助けを求められたら信じてしまうのも無理はない気がする。

実際、私は一度目に処刑《しょけい》にまで追い込まれたにもかかわらず、デイジーにも何か事情があったのでは、今の彼女が本来の姿で、その後彼女の身に何か起きたのでは、なんて思うくらいには彼女が悪い人には見えなかったのだ。

確かに何かの力を使っていたかもしれないけれど、こういう話を聞いているとそれだけではなく、それを増長させる彼女自身の資質もあったのかもしれない。

授業が終わり、邸《やしき》に帰ると、テオドール殿下からの手紙が届いていた。

『聖女の力について、気になる伝承を見つけた。近いうちに一度会って話したい』

テオドール殿下と会う機会は次の休日にすぐに作られた。

約束の時間にテオドール殿下の執務室《しつむ》にうかがうと、殿下は、古びた本を机に置いた。随分《ずいぶん》汚《よご》れていて、表紙はざらざらとしている。元の色は若草色だったのだろうか。

「まずはこれを見てほしい」

「これは……？」

テオドール殿下の方を窺うと手に取る様に促され、パラパラとページをめくっていく。

……どうやらこれは本ではなく日記のようね。ところどころ文字がかすれているけれど、なんとか読めそうだ。

この日記の持ち主は、その当時、私と同年代だった貴族令嬢《れいじょう》のようだ。最初はなんでもない普通の日記だったのだけれど、読み進めていくと、気になる記述が見つかった。

○月×日

やっとここまで来た！　聖女選定の最終試験に残れた！

最近は忙《いそが》しくてなかなか日記を書く気力がわかなかったけれど、喜びを書き残したいのでできるだけ書こうと思う。もしも聖女になれなかったとしても、この日記がきっといい記念になる。

聖女選定？　最終試験？　一体どういうことだろう。
ページをめくる。

○月△日
今日の試験で候補から脱落《だつらく》した◇◇様に、親の金で候補の座を買った卑怯者《ひきょうもの》と罵《ののし》られた。けれど、それの何が悪いのかしら？　全く資質がなかったらお金でどうにかなるわけがない。お金は私を見てもらうためのきっかけでしかない。結局は私も聖女に相応《ふさわ》しいと認められているから残っているのに、変なことを言うのねと思って気にしなかった。

○月□日
ついに、候補の最後の二人に残った！　一緒に候補に残った○○様は最有力候補と言われている人だけど、絶対に負けない。聖女になるのは私よ！

×月○日
やった！　やったわ！　私が聖女よ!!

×月×日
聖女として、初めて王太子殿下に拝謁《はいえつ》することができた。なんて素敵《すてき》な人だろう。この人の妃《きさき》になりたい。私は聖女だから、きっと望めばなれるはず。王太子殿下は婚約《こんやく》間近のご令嬢がいると噂《うわさ》だけど、まだ婚約されているわけではないから、きっと大丈夫《だいじょうぶ》。

そこからしばらくひどく汚れていて読めないページが続く。やっとなんとか読めそうなページを見つけたけれど、そのページも汚れているため、時間をかけて文字を追う。

今までと打って変わってひどく乱れた文字だった。

△月×日
どうして？　どうして？　どうして？　どうして？　どうして私じゃダメなの？

私は聖女なのに聖女なのに聖女なのに聖女なのに神殿に訴《うった》えても、本物の聖女様でもそこまでのわがままは通せませんよと言われた。これって嫌《いや》み？　許さない許さない許さない許さない絶対に手に入れる王太子殿下は私のものよ！


思わず息を呑《の》む。これはなんなの？

震《ふる》える指でそのまま読み進める。しばらくは同じような内容の乱れた日記が続いた。

□月△日
やっと王太子殿下が私のものになった！　初めからこうしていればよかったんだわ！

王太子殿下は私を愛していると言ってくださった！　聖女の力ってなんて素晴らしいの！

これで全《すべ》ては私の望むまま！


これって……。

そこで日記は終わっていた。念のためパラパラとページをめくると、最後の方に一瞬《いっしゅん》何かが書いてあるのが見えたため、そのページを開いてみる。

そこに書いてあったのはたった一言、みみずが這《は》うような走り書き。

『てんばつがくだったというの？』

呆然《ぼうぜん》とした気分のまま日記を閉じると、テオドール殿下がそれを私の手から抜《ぬ》き取った。

「これは、長く使用していない地下の廃《はい》倉庫で埃《ほこり》をかぶっているのを見つけたんだ」

殿下は日記を大事に抱《かか》え、話を続ける。

「それを踏《ふ》まえて、禁書庫を隅《すみ》から隅まで調べてみた。すると、大昔の慣習について記載《きさい》している書物が見つかった」

王宮の禁書庫。王族以外は入ることができず、門外不出な問題のある書物や、重要禁書などが保管されている場所だ。けれど、あまりにも膨大《ぼうだい》な量の書物が保管されているため、もはや何があるのか全てを把握《はあく》している者はいないと聞いたことがある。

「聖女の力を持った者が生まれるのは、その力が必要となる時代だけだということは知っているね？」

「はい」

それは愛の女神《めがみ》アネロ様のお話とともに、神殿《しんでん》の教えや家庭教師から一番初めに教わる内容だ。

「だが昔、聖女の力を必要としているにもかかわらず、長くその存在が確認《かくにん》されなかった時代があったらしい。そこで、当時の神殿と王族は人為《じんい》的に聖女を生み出す術《すべ》を作り上げた」

私は初めて聞く内容に驚いてしまった。あまりに突拍子《とっぴょうし》もない話だったから。

人為的に聖女様を生み出す？　そんなことが可能なの？

殿下は、日記を指し示す。

「どうやら彼女がその三代目だったらしい」

それで、聖女選定……日記にあった『本物の聖女様』の意味も分かった。

彼女は、人為的に聖女の力を与《あた》えられた『作られた聖女様』だったわけね。

「初代と二代目はうまくいったんだろう。それで気が緩《ゆる》んでしまったのか、聖女の選定に貴族同士の欲が絡《から》んだ。そして、色々な思惑《おもわく》の上に選ばれた三代目の彼女は過《あやま》ちを犯した」

「過ち……当時の王太子殿下《でんか》のお心を、操《あやつ》った……」

テオドール殿下は真剣《しんけん》な顔で頷《うなず》く。

「それから何が起こったのかはまだ分かっていない。しかし、彼女が最後に書いた言葉からも、そのまま幸せにはなれなかったことは明白だな」

テオドール殿下との話が一通り終わった頃《ころ》、重苦しい空気を切り裂《さ》くかのように勢いよく執務室の扉《とびら》が開いた。

「エリアナ！」

驚《おどろ》いて振《ふ》り向く。入ってきたのはお兄様だった。

「ランスロット、ノックぐらいしたらどうだい？」

「エリアナ、大丈夫か？　テオドールにいじめられていない？」

「おいおい」

呆《あき》れ顔のテオドール殿下を完全に無視して、お兄様は私の顔を心配そうに覗《のぞ》き込む。

お兄様ったら、テオドール殿下の前ですごくマイペースだわ……。だけどそんなお兄様を見ていると、さっきまでの暗い気持ちが吹《ふ》き飛ぶようで、一気に安心感に包まれた。

「ふふふ、お兄様、私はいじめられていないわ。心配してくれてありがとう」

笑いながらそう言って、お兄様の腕《うで》にぎゅっと抱《だ》き着く。

やれやれといった風なテオドール殿下をしり目に、お兄様は急に真剣な顔になった。

「……エリアナ、最近お前がずっと何かに悩《なや》んでいるのは分かっているよ。私には話せない？　私は可愛《かわい》いエリーにとってそんなに頼《たよ》りない兄かな？」

「……お兄様」

お兄様は気づいていたんだ。私の様子がおかしいことに……。

そんな私たちの様子を見て、テオドール殿下がそっと私の肩《かた》に手を置く。

「エリアナ嬢、君が思っているより、ランスロットはずっと強い男だよ。抱えきれないものを一緒《いっしょ》に持ってくれるくらいには」

もちろん私もね、そう言いながら殿下は優《やさ》しく微笑《ほほえ》んだ。お兄様もじっと私を見つめている。ただ、それは問い詰《つ》めるようなものではなくて、あくまでも私を思いやってくれているのが分かる。……私はなんて幸せ者なんだろう。

私は弱い人間だ。一度目、抵抗《ていこう》する術もなく大事なものを奪《うば》われるばかりだった。

お兄様はずっと私を案じ、味方でいてくれたけれど、そんなお兄様も巻き込み処刑《しょけい》にまで追い込んでしまうところだった。

……巻き戻《もど》らなければ、どうなっていただろうか。

ついそう考えてしまい、ぶるっと身震《みぶる》いする。

そんな私の様子にも、お兄様もテオドール殿下も何も言わずに私の言葉を待ってくれている。

お兄様は邸《やしき》で会う度《たび》、学園で偶然《ぐうぜん》すれ違《ちが》う度、心配そうにしてくれていた。

そんなお兄様の優しさに甘えてしまいたいのに、そうすることでまた巻き込んでしまうのではと怖《こわ》かった。

だけど、私は決めたのだ。一度目のようには絶対にさせないと。私の大事なものは絶対に守ってみせると。もちろん、お兄様のことだって。

それなら何を怖がることがあるんだろう？　お兄様ほど信頼《しんらい》できる人は他《ほか》にいないのに。

「お兄様、長くなるし信じられないかもしれないけれど、私の話を聞いてくれる……？」

「もちろん、エリアナの話ならいくらでも。幸いここには邪魔者《じゃまもの》は誰《だれ》も入ってこないしね」

「ここ、私の執務室《しつむ》なんだけどね」

テオドール殿下は突《つ》っ込みながらも少し苦笑いしていたけれど、好きなだけここで話せばいいと言ってくださった。

その言葉に甘えて、私はぽつりぽつりと話していく。お兄様が相手だからか、それとも……すでに全てを知っているテオドール殿下が見守ってくれているからか。前にテオドール殿下に話した時のような、強い苦しみに襲《おそ》われることはなかった。

最後まで話を聞いてくれたお兄様は、痛ましい表情を浮《う》かべて私を優しく抱《だ》きしめてくれた。

「なんてことだ……エリアナ、辛《つら》かったな。話してくれてよかった」

「お兄様」

黙《だま》っていた私を咎《とが》めることもなく、私を気遣《きづか》ってくれるお兄様に胸が温かくなる。けれど、その後すぐに、お兄様は思いもよらないことを言い始めた。

「カイゼルを呼ぼう。一度目、カイゼルはエリアナを傷つけたんだよな？　信用できそうかどうか私が見極《みきわ》める」

「お、お兄様!?」

カイゼルとは学園で会って、もう話をしているんだけれど……。

けれど、こうなったお兄様は止められない。

本当に呼び出されることになったカイゼルは、すぐに執務室に現れた。最初はカイゼルに厳しい目を向けていたお兄様だったけれど、彼の話を聞いていくうちに思案する顔になり、最後には信用すると決めたようだった。

カイゼルにも、彼が来る前に殿下と話した内容を伝えると、顎《あご》に手をやり考え込む。

「僕も、何か違和感《いわかん》や、胸騒《むなさわ》ぎを感じる時がある。僕も何かを忘れているんだろうか」

「あなたは全《すべ》て覚えているんじゃなかったの？」

「自分でもそう思っていた。でも今の話を聞いて、確信が持てなくなった。忘れていることも忘れているのかもしれない」

頭がこんがらがりそうな話だ。

「それと……うまく言えないけど……一度目、デイジーの力に搦《から》めとられた者は僕をはじめ数多くいたけど、一番の目的はジェイド殿下だったと思う」

確かに、私もそう思う部分がある。カイゼルの言葉に私は静かに頷いた。

「それから、確認したいことがあるんだけど。エリアナ、ちょっと属性魔法《まほう》を使ってみてくれない？」

「魔法を……？　だけど私、魔力測定以来、まだ属性魔法を使っていないの」

それも実際は魔力測定のために魔力を注いだだけで、魔法を使う自信がない。

「何か気になることがあるのかい？」

テオドール殿下の言葉にカイゼルは頷く。

「大丈夫《だいじょうぶ》、僕の予想がもしも当たっていたなら、エリアナはイメージだけで魔法を使えるはずだ。でも、さすがに急に言われても困るよな。……それなら」

「っ⁉　何をするの⁉」

驚いたことに、カイゼルは突然《とつぜん》着ていたローブの袖《そで》をまくり上げると、小さな風魔法の刃《やいば》を発動させ、自分の腕に切り傷をつけたのだ。

「エリアナ、属性魔法でこの傷を治してみてくれないか？」

「傷を治すって……私の適性は火魔法よ」

「知っている。失敗してもいいから、エリアナの火で傷を包み込んで癒《いや》すイメージで魔法を発動させて」

火魔法で傷を治すなんてできるわけがないじゃないの……。

そう戸惑《とまど》う私をよそに、カイゼルは全く引くつもりがなさそうで。助けを求めるようにお兄様やテオドール殿下を見ても頷かれるばかり。ついに諦《あきら》めた私は、意を決してカイゼルの傷ついた腕に手をかざした。火傷《やけど》しても責任はとれないんだから！

言われたとおりに、ゆっくりとイメージする。炎《ほのお》が全てを包み、痛みを、傷を、呑《の》み込み、癒していく……そうやって、私なりに癒しのイメージを炎にのせる。

気が付けばカイゼルの傷はイメージした通りの青い炎に包まれていた。

ゆらゆら、ゆらゆら。静かに炎が揺《ゆ》らめくたびに、傷口に仄《ほの》かな光が灯《とも》っていって――。

その光が消える頃、傷はすっかり消え去っていた。

……本当に、火魔法なのに怪我《けが》が治せちゃったわ。

「これは……」

テオドール殿下《でんか》が感嘆《かんたん》の声をもらす。カイゼルは傷が治ったことを確認《かくにん》すると、真っ直《す》ぐに私を見つめた。

「エリアナ、僕は魔力測定の時に、君の魔力を受けた水晶《すいしょう》が青い炎を浮かべていたのを見た。それで、おかしいと思って神殿《しんでん》の書庫で書物を読み漁《あさ》って調べたんだ」

「ええっと……確かに青い炎だったけど、何がおかしいの？」

「エリアナ……火魔法適性の炎は、赤い」

「？　そうね、一般《いっぱん》的に赤い炎が揺らめく、と言うわね。ねえ、色が違うってそんなに重大なことなの？」

「エリアナ、よく聞いて。『火魔法なら赤い炎が揺らめき、水魔法なら煌《きら》めく青い水が溢《あふ》れ、風魔法なら小さな緑の竜巻《たつまき》が渦《うず》巻き、土魔法なら白い砂がさらさらと満ち、光魔法なら眩《まばゆ》い金色の光が放たれる』――たいていの魔法書の最初に書かれているこの言葉は絶対なんだ。使い方によって違う様に見えることはあっても、基本的な魔法の色は変わらない。魔力測定の水晶では必ずこの色が現れる」

「……でも、私はそうじゃなかったわ」

「古い書物まで引っ張り出して、ようやく色違いの魔法の秘密についての記述を見つけた。色違いの魔法は……聖女だけがもつ魔法の特徴《とくちょう》だ」

「え……」

「聖女の証《あかし》については、長い間聖女が現れなかったことで忘れられたんだろう。つまり……エリアナが聖女だ。そして、もう一つ確実なのは……ディジーは聖女じゃないってことだ」

もしも本当に私が……聖女なのだとしたら、カイゼルの言う通り、ディジーが聖女だということはありえない。聖女が二人現れることは絶対にないとされているから。

それが事実なら、もしかして、一度目もディジーは聖女ではなかった？

……『天罰《てんばつ》』。頭の中に、日記に書かれていた言葉が浮かんだ。

ディジーは確実に聖女ではない。その上で特別な力を持っていたのなら、それはこの日記のような、与《あた》えられた聖女の力なのではないか？

やっと彼女の力の正体が少しだけ見えた気がするけれど、それならば今度はどうやってその力を手に入れたのかが問題になってくる。

この先、今まで知らなかったような深い闇《やみ》が口を開けて待っているような気がして、言いようのない不安に襲われた。

そんな私をよそに、カイゼルはどこかすっきりした顔をしている。

「エリアナが聖女……でも僕に言わせれば納得《なっとく》だ。これで、時を戻《もど》した力の説明もついた」

「なるほど。エリアナ嬢《じょう》が聖女であるならば、よりいっそうその男爵《だんしゃく》令嬢とやらはきな臭《くさ》くなるな」

殿下は、机に置いた日記を指でトン、と叩《たた》きながら続ける。

「……実は、デイジー・ナエラス男爵令嬢を正式に聖女として迎《むか》えようという動きが神殿で見られるらしい」

「デイジーが……」

「さすがに反対の声が多く実現はしないだろうが。いかに強い光属性の適性を持っていたとしても、そのことだけを理由に公平であるはずの神殿が聖女だと受け入れようとするのは普通《ふつう》じゃないだろう？」

神殿がこれまで一貫《いっかん》してクリーンな存在であったことを思えば、確かにデイジーを聖女にしようとする動きが起こることは異常だと言える。おまけに、問題はそれだけにとどまらないらしい。

「正直、両陛下も少し様子がおかしいと感じる」

「両陛下の様子がおかしいとは？」

お兄様の問いに殿下は首を横に振《ふ》る。

「はっきりと何か異変が起こっているわけではない。ただ、神殿の暴走とも思える行為《こうい》になんの疑問も抱《いだ》いていないようなんだ。私が知らされていないだけで陛下には彼女が聖女であると確信でもあるのかと様子を窺《うかが》っていたが、その可能性がないなら今の状態は明らかにおかしい」

神殿も、両陛下にさえも異変が起こっている？

思っている以上に事態はすでに深刻なのかもしれない。

「とにかく、まずは何が起こっているのか、何がそうさせているのか、それを突《つ》き止めなければ異変も正せないだろうね」

「そうですね……」

「私はこの日記に書かれていることをもう少し調べるから、エリアナ嬢はまずは聖女としての力を伸《の》ばすことを優先してくれ。もしも今起こっていることが過去に起こったことと同じ力の引き起こしたものならば……おそらく、本物の聖女の力が必要になるはずだ」

人為的《じんい》に選定されたものとはいえ、三代にわたり本物の聖女の代わりを担《にな》えるほどの力だったわけである。どうやってその力を生み出したのか、今はまだ全く分からないけれど、聖女に匹敵《ひってき》する、人の心をも操《あやつ》ってしまうほどの強い力だ。

確かに、対抗《たいこう》できるとなると本物の聖女の力しかないのかもしれない。

「分かりました。まずは力を伸ばすことを第一に考えます」

「僕はデイジーの側《そば》で彼女のことを注視しておきます」

お兄様をはじめ味方がいなかったわけではないとはいえ、一度目に敵だらけの中、誰《だれ》にも信用されず誰のことも信用できなかった私には、こうして相談できる相手がいるだけでも痛いほどの喜びだった。

「それはそうとテオドール、少し近くないか？　エリアナ、もちろん私もお前を守るよ！」

お兄様が慌《あわ》てて私と殿下の間に割って入る。

温かい気持ちのまま、笑いあいながらテオドール殿下の執務室《しつむ》を後にした。

殿下もそのまま少し出かけるというので、お兄様と私とカイゼルと四人で。

これからすべきことにいっそう身が引き締《し》まる思いになるとともに、心強い味方の存在に安心感を覚えていた。大丈夫《だいじょうぶ》。何があっても今度こそ私は戦える。そんな風に思える。

だから、そんな私たちの姿を、遠くからジェイド殿下が複雑な表情で見つめていたことには、全く気が付いていなかった。

❋

翌日、いつものように学園に登校した私は困惑《こんわく》していた。

「あの……ジェイド様？」

「うん？　どうかした？」

にこにこと笑顔《えがお》で答える殿下に困惑は深まるばかり。

「いえ、どうかしたと言いますか……ジェイド様こそどうなさったんですか？」

朝。いつものように馬車止めにつき、馬車を降りようとした私の前になぜか満面の笑みを浮《う》かべたジェイド殿下が現れたのだ。驚《おどろ》きのままに差し出された手を取り、そのまま学園内にもかかわらず殿下にエスコートされている。こんなことはもちろん初めてだ。

常にない私と殿下の姿に、すれ違《ちが》う生徒たちが驚きの目で見つめている。中には頰《ほお》を染め、そっと目を逸《そ》らすご令嬢まで。

なんて……なんて恥《は》ずかしいの……！

しかし当の殿下は全く気にする素振《そぶ》りもなく、私の腰《こし》に回した手が緩《ゆる》む気配もない。

ふと視線を向けた先に目を丸くしてこちらを見るカイゼルを見つけて、とうとう羞恥《しゅうち》に顔を上げていられなくなった。

結局殿下は、そのまま私の教室までエスコートしてくださったのだった。

「おはようございます、エリアナ様。朝から大変仲がよろしくて、目立っていましたわよ」

恥ずかしさを残したまま席につき、まだ顔を上げられない私に、にこにこと面白《おもしろ》そうにサマンサ様が声をかけてくる。

「おはようございますエリアナ様！　学園で王子殿下のエスコートなんて素敵《すてき》ですわね！」

「お二人が並んで歩く姿はまるで絵画のようですわっ」

サマンサ様に続いてきゃいきゃいと話しかけてくるのは魔法基礎《まほうきそ》の授業を一緒《いっしょ》に受けている数人の男爵令嬢、子爵令嬢たち。

おまけに、それで終わりではなかった。

「あのう、エリアナ様……お迎えが来ています」

放課後もまた、殿下《でんか》は私を迎えに来てくださったのだ。

断るわけにもいかず、私はまたもや殿下のエスコートを受けながら馬車止めまで歩く。

「ジェイド様、今日はどうされたんですか？　いつもとあまりに様子が違います」

「どうしたのか、か……そうだね、どうしてしまったんだろう」

「……？」

殿下は困ったような笑顔のまま、じっと私を見つめる。

「私はどうしたんだろうね。最近なぜか君をひどく遠くに感じる瞬間《しゅんかん》があるんだ。それが苦しくてたまらない」

そう言って首を傾《かし》げ、寂《さみ》しそうに笑う殿下に、はっとした。

そんなつもりではなかったけれど、私は自分のことに精いっぱいで、殿下のことを蔑《ないがし》ろにしてしまっていたのかもしれない。

今の殿下は、一度目の殿下とは違う。けれど私は一度目の恐怖《きょうふ》を今の殿下に重ねていたかもしれない。最近は昼食を共に摂《と》るくらいで、あまり会話もできていなかった。

「――それで、考えていたんだけど、今度の休みに一緒に出かけないか？」

ジェイド殿下は先ほどまでの寂しそうな表情が嘘《うそ》のように、華《はな》やいだ笑みを浮かべた。

「お出かけ、ですか？」

「ああ。私は君ともっと一緒に過ごす時間が欲しい」

それからというもの、ジェイド殿下は毎朝馬車を降りる私を迎えに来てくださるようになった。学園で一緒に過ごす時間は格段に増えている。

そして、そうして殿下と一緒にいると、時折少し離《はな》れた場所からデイジーがじっとこちらを見ていることがあると気が付いた。無表情で、ただ真剣《しんけん》に……。

そんなデイジーの姿を見かけるたびに、よぎるのは例の古い日記だ。一度目に起こったこと、あれがデイジーが望んで引き起こしたことならば……今回も、同じことを起こそうとするのではないだろうか。

「ジェイド殿下を振り回して、いい気なものね！　ご迷惑《めいわく》だと分からないのかしら」

相変わらず、すれ違いざまに私に嫌《いや》みを言うご令嬢《れいじょう》もちらほらいる。特に回数が多いのは一度目にも随分《ずいぶん》私に色々と言ってくれていた、ソフィア・ラグリズ侯爵《こうしゃく》令嬢だ。

だけど、実は彼女は根っから意地の悪い人ではないと知っている。

先日、彼女の怪我《けが》を私が治癒《ちゆ》したことがあるのだけれど、ほんの些細《ささい》な傷だったにもかかわらず、お礼と称《しょう》して綺麗《きれい》な花を邸《やしき》に贈《おく》ってくれたりもした。

そうして毎日を過ごし、ジェイド殿下と約束した休日はあっという間にやってきた。

ジェイド殿下と二人で街へ出かけるのは実は初めてのことだ。お忍《しの》びなので、簡素なくるぶし丈《たけ》のワンピースを着ている。髪《かみ》も今日はおさげにまとめてみた。

ジェイド殿下は、いつもの装飾《そうしょく》の煌びやかな王宮の馬車ではなく、紋章《もんしょう》のない小さな馬車に乗り迎《むか》えにきてくださった。

「エリアナ、そういう庶民《しょみん》的な姿でもすごく綺麗だね」

馬車を降りるなり嬉《うれ》しそうに微笑《ほほえ》む殿下に私も思わず笑顔になる。殿下もシンプルなシャツにスラックスという庶民風の出《い》で立ちだ。

「殿下も、そういう格好も新鮮《しんせん》で素敵ですわ」

殿下のエスコートで馬車に乗り込み、街へ向かった。

「今日はエリアナと歩いて色んな店を見て回りたいと思ってるんだ」

「楽しみですわ」

馬車の窓から街が見えてくる。今日は天気も良く、絶好の散策日和《びより》だ。私がうきうきとしているのが分かったのか、目が合うと殿下は嬉しそうに笑った。

なんて穏《おだ》やかな時間なんだろう。

……そうよね、幸せを奪《うば》われないために奮闘《ふんとう》する時間で、幸せを蔑ろにしては本末転倒《ほんまつてんとう》だもの。今の時間を楽しい時間を楽しむことも大切にしたい。

今日だけは、頭を悩《なや》ます色々なことは忘れて、思う存分楽しもうと決めた。

街の広場の近くに着き、馬車を降りて、店が立ち並ぶ通りに入っていく。

店はどこも活気づいていて、皆《みな》が笑みを浮かべあちこちで話をしている。

軽食の店や街の雑貨店、薬草をたくさん置いているお店など、気になる店を殿下と二人で片っ端《ぱし》から見て回っていった。

お昼は屋台で軽食を買い、広場に置かれたベンチで摂ることにした。

こういうのを買い食いと言うらしい。初めてのことでわくわくする。

パンにソーセージと野菜を挟《はさ》みソースをかけたものを両手で持ち、そのまま齧《かじ》り付く。

なんておいしいのかしら……！

「エリアナ、ちょっとこっち向いて」

「？」

「ほら、ここに付いているよ」

「っ……！」

言われるままに顔を向けると、くすくす笑った殿下に口元のソースを拭《ぬぐ》われた。恥ずかしさにぷるぷる震《ふる》えていると、私たちのすぐ側《そば》で、小さな男の子が盛大に転んでしまった。

男の子はみるみるうちに目に涙《なみだ》をためて、ついには大泣きし始めた。

「うわ――ん！」

食べていた軽食を包みごとベンチの上にそっと置き、男の子の方へさっと近寄る。目線を合わせるように顔を覗《のぞ》き込み、抱《だ》き起こしてあげると、膝《ひざ》と手のひらを擦《す》りむいて血が出ていた。泣きながらされるがままの男の子をそっと抱きしめて、「大丈夫《だいじょうぶ》よ」と慰《なぐさ》めながら、まずは膝の怪我を治癒した。小さな怪我だから、青い炎《ほのお》ではなく基礎魔力で。

「ほら、今度は手のひらを見せてみて」

男の子はまだ泣いているものの、突然《とつぜん》痛みのなくなった膝を不思議そうに見て、そのままおずおずと手をこちらに差し出した。

「いい子ね」

安心させるように笑いかけながら両方の手の甲《こう》を掬《すく》い上げるように優《やさ》しく握《にぎ》り、こちらも治癒した。青い炎の魔法を練習するうちに、どういうわけか基礎魔力を使った魔法も精度が上がっていった。基礎魔力が強くなることはないはずなので、単純に魔力操作が上手《うま》くなったおかげかもしれない。

「うわあ、あったかーい」

男の子はいつの間にか涙も引っ込んでいて、キラキラとした目で怪我の治った自分の手と私を交互《こうご》に見る。

「これで痛くないね。もう泣いちゃだめよ」

「まあ、大変だわ」

「うん！　お姉ちゃんありがとう！」

「あら」

男の子はしゃがんだままの私に飛びつくように抱き着くと、ちゅっと頬《ほお》にキスしてくれた。なんておませさんで可愛《かわい》いのかしら！

そのまま何度もこちらへ手を振《ふ》りながら走り去っていく。どうやらこの辺りに住む子だったらしい。

殿下《でんか》は優しく目を細め、じっとこちらを見つめていた。

「ごめんなさい、食べかけの物を置いたままにしてしまって」

「いや、いいんだよ。エリアナは相変わらず優しいね」

残りの軽食を食べて、その後は広場の屋台や露店《ろてん》なんかを二人で楽しく見て回った。

その日一日、ジェイド殿下と街をデートしていて驚《おどろ》いたのは、街の人々が親し気に殿下に声をかけることだった。

雑貨を売っているお兄さんも、軽食を売っているおばさんも、広場の噴水《ふんすい》の側で絵を描《か》いている男の人も、誰《だれ》もがまるで友人のように殿下に声をかける。

「おーい兄ちゃん！　今日はえらいべっぴんさんを連れてんだなあ！　これ、良かったら持って行ってくれよ！」

「ありがとう！　お礼にこの店が王都で一番うまい屋台だって宣伝しとくよ！」

「ははは！　そりゃいいや！」

果実ジュースを売っているお店のおじさまは殿下に向かって真っ赤なリンゴを投げ渡《わた》してくれた。当たり前のようにそのリンゴを片手で受け取る殿下に少しびっくりする。

すごく、慣れているわ……。私の知らない殿下の姿だ。

街の人たちは自分たちが気さくに声をかけているのがまさかこの国の王子だとは思っていないだろうけど、だからこそ殿下が純粋《じゅんすい》に親しまれているのを感じて嬉しくなった。

——嬉しくなった、はずなのに……。

なぜだか私は、そんな殿下の姿に既視感《きしかん》と胸騒《むなさわ》ぎを感じていた。

なぜ、こんなに幸せな光景を見て、こんな気持ちになるのだろう？

『何か、大事なことを忘れている気がするんだ』

そんな風に言っていたテオドール殿下の言葉を思い出す。

テオドール殿下やカイゼルがそう感じていたように、やはり、私も何かを忘れている気がする。時々なんの脈絡《みゃくらく》もなく感じる違和感《いわかん》や胸騒ぎの正体は、その『何か』に関係があるのかもしれない。

「エリアナ、どうしたの？　それが気になる？」

いつの間にか考え込んでしまっていた私は、殿下の言葉に我に返った。どうやら書店で思考の海に沈《しず》んだ私は無意識に一冊の本に視線を固定していたらしく、その本が欲しいのかと聞かれているようだ。

「いいえ、なんでもありませんわ」

にこりと笑って答えると殿下は不思議そうな顔をしていた。

その後もう少し辺りを見て回り、殿下とまた手を繋《つな》ぎ、帰りの馬車へ向かった。

「殿下は随分《ずいぶん》街の皆様《みなさま》に親しまれていましたね。よくお忍《しの》びでいらしているのですか？」

「リューファスと時々ね。最近は学園も始まってあまり来られていなかったけど」

リューファス様とジェイド殿下は乳兄弟《ちきょうだい》であり幼馴染《おさななじみ》だ。聞けば子どもの頃から二人で度々《たびたび》街へ降りていたのだとか。

「リューファス様のお母様がジェイド様の乳母《うば》だったのですよね？」

「そう。リューファスの母でクライバー子爵《ししゃく》夫人のコリンヌが私の乳母だった。母上は私を産んだ後、元々そこまで身体《からだ》の強い人ではなかったからそのまま体調を崩《くず》してしまってね。数年は大事をとっていたから、コリンヌが本当の母のようだった」

そんな事情もあり、リューファス様とは実兄のテオドール殿下以上に兄弟のように育ったらしい。

「母上が回復するのと入れ替《か》わる様にコリンヌが体調を崩すようになり、数年前に逝《い》ってしまった。今でもコリンヌは大事な家族だと思っているよ」

コリンヌ様は学園で陛下や王妃《おうひ》様の同級生で、ずっと仲の良い友人でもあったらしい。

王子妃教育で王宮に上がる際に、何度かその姿を見かけたことがある。赤髪《あかがみ》赤目の、王妃様とはまた違《ちが》ったタイプの美人だった。私もお話ししてみたかったと思う。

そんな風に色んな話をしながら、私たちは帰路についた。

「エリアナ、これを」

邸《やしき》に着き、馬車を降りた後、殿下に包みを手渡《てわた》された。

「これは？」

「じっと見つめていたから、興味があるのかと思って。書店で君が見ていた物なんだけど、今日のお礼に」

「……お礼を言うのは私の方ですわ。私の方こそ楽しい時間を過ごせて嬉《うれ》しかったです」

正直考え事に夢中だったので自分がどんな本を見つめていたか覚えていなかったけれど、私を喜ばせようとしてくれたことがとても嬉しい。ジェイド殿下は、喜び微笑《ほほえ》む私をさっと抱きしめると、額にキスを落として帰っていった。

夜、殿下にもらった本の包みを開けてみる。その表紙を見て、思わず手が止まった。書店では無意識すぎて気づかなかったけど、私はこれを見つめていたのね……。

それは、この頃《ころ》から少しずつ流行し始め、長くその人気が続いたベストセラー。私が悪役令嬢《れいじょう》と言われるきっかけになった、あの恋愛《れんあい》小説だったのだ。

この小説は最近発売されたばかりらしい。一度目の時に私がその存在を知ったのはベストセラーになってからのこと。確か一年の終わり頃だったはず……私が思っていたより、随分長く人気だったらしい。ここからじわじわと人気が出始め、卒業パーティーの頃には発売から三年近く経《た》っていたにもかかわらず、芝居《しばい》にまでなり、人気は高まるばかりだった。

実は私はこの本を読んだことがない。

あまりに話題になったから読みたいとは思っていたけれど、そうこうしているうちに二年生になり、ジェイド殿下が冷たくなって。直にデイジーとのことが噂《うわさ》になり始め、私は精神的に追い詰《つ》められていった。流行の恋愛小説なんて読む心の余裕《よゆう》はなかったのよね。

それに……自分に似ていると言われていた悪役令嬢が、実際にどんな風に描《えが》かれているのか知るのも怖《こわ》かった。

けれど、避《さ》けてきたにもかかわらずこうして私の手元にくることになるなんて。もはや運命なのかしら？　ここまでくるとこの小説も何かの鍵《かぎ》ではないかという気すらしてくる。頂いた以上、お礼とともに感想も添《そ》えるべきだし、どちらにせよ読むしかない。

小説は一言で言って、ものすごく面白《おもしろ》かった。主人公もヒーローも、悪役も他《ほか》の脇役《わきやく》もみんなみんな心理描写《びょうしゃ》が豊かで、誰に感情移入しても楽しめるようになっていた。そして、主人公の聖女が可愛い！　これは悪役令嬢である婚約《こんやく》者も負けるわ……と、そこまで考えて微妙《びみょう》な気持ちになった。

面白かったから、全てを忘れて物語に入り込めた。だけど、現実に戻《もど》って冷静に考えると思う。この物語……一度目の私たちにすごく似ている。

物語の中の悪役令嬢は、それは卑劣《ひれつ》な虐《いじ》めに手を染めていた。もちろん、私はデイジーを虐めたりはしなかったし、そこは全く違う。でも、それ以外は本当によく似ているのだ。

特に、主人公が聖女に相応《ふさわ》しい、強い光魔法《まほう》を覚醒《かくせい》させた後から……。

学園での日常、虐められる主人公、主人公に惹《ひ》かれ婚約者を疎《うと》ましく思い始める王子様、周りが皆《みな》主人公と王子の恋《こい》を応援《おうえん》し、悪役令嬢がどんどん立場をなくしていく様。

悪役令嬢が嫌《きら》われ、婚約者である王子に蔑《ないがし》ろにされ、周りからどんどん人がいなくなっていく描写は胃がキリキリとする思いだった。その他にも偶然《ぐうぜん》だと思えないほどに、一度目の体験を彷彿《ほうふつ》とさせるシーンが多かった。

極《きわ》めつけは、卒業パーティーでの悪役令嬢の断罪劇だ。

『誰もが皆、私が悪いのだと言うわ！　だけど私に言わせれば、突然《とつぜん》現れてごく当たり前に幸せだった日常の全てを奪《うば》ったあなたこそが世界の異物よ！　私の幸せを返して！』

断罪された後、処刑《しょけい》が決まり捕《と》らえられていく悪役令嬢を憐《あわ》れむ主人公に向けて、激高した悪役令嬢が叫《さけ》ぶセリフ。

確かにこの悪役令嬢は傲慢《ごうまん》で、主人公を容赦《ようしゃ》なく痛めつけた。けれど、彼女の言うことはもっともだ。問題があったとはいえ、間違いなく小さな頃から努力を重ねた悪役令嬢。それなりに王子も歩み寄ろうとしていたように思う。

そこに突然現れた、たった一人の令嬢に全てを奪われてしまうことになる。状況《じょうきょう》は違うが、奪われた側である私は、どうしても悪役令嬢に感情移入してしまう。

物語としては正しい形だったのだと思うし、私も楽しんだ。けれど、やはり彼女になぞらえて悪役令嬢と呼ばれた私は、なんとも言えない気持ちを抱《いだ》いたのだった。

『あなたこそが世界の異物』、か……。

デイジーは、世界を歪《ゆが》めている異物なのだろうか……。

その夜、また不思議な夢を見た。けれど、今日はいつもとは少し様子の違う夢だった。

今日の夢は……。

「いーち、にーい、さーん……」

「エリアナ、こっちにおいで！　一緒《いっしょ》に隠《かく》れよう！」

「うん！　お兄様待って！」

「ずるい！　僕も一緒に連れてってー！」

小さな私やお兄様が他にも数人の子どもたちと王宮の庭でかくれんぼをしているようだ。

一緒にいるのは誰《だれ》だろうか？　私とお兄様以外の子どもたちの顔はなぜかモヤがかかっ

たように霞《かす》んでいて、誰がいるのか分からない。あまり鮮明《せんめい》ではない思い出だが、なんとなくは覚えている。これは、私が婚約するより前の記憶《きおく》だ。

小さな頃、城に仕官しているお父様に連れられて、王宮に遊びに行くことがあった。

そうしてしばらくは遊ぶ私たちを見ていた。こんなこともあったのかというようなやりとりをしていたりして、自分の記憶とはいえ見ていて微笑ましい。

ただ……まただ。また何か違和感《いわかん》を覚える。今度は何だろう、何がおかしいんだろう……。モヤモヤと考え込んでいて、急にひらめきのような考えが浮《う》かんだ。

一人、足りない……？

顔を上げて周りを見回す。相変わらず顔はモヤがかかったようによく見えない。誰が誰かも分からず、何人いたのか、誰がいたのかも覚えてはいない。それなのに、どうしてこんな風に思うのか……。分からないけれど、それでもそれが確かな事実であるかのように頭から離《はな》れなくなった。

足りない。一人足りない——。

そこで、今日の夢は終わった。寝台《しんだい》の上で、ゆっくりと目を開ける。

足りなかったのは、誰だったんだろう……。

支度《したく》を終えて朝食に向かうと、お兄様の他に久しぶりに会うお父様、お母様がいた。

「お父様！　お母様！」

「エリアナ、おはよう。そんな大きな声を出してはしたなくってよ？」

くすくすと笑うお母様に窘《たしな》められ肩《かた》をすくめる。

「二人とも、最近何をしていたの？　ほとんど顔を見ていなかった気がするけれど」

私の疑問にはげっそりとしたお父様が答えてくれた。

「城が聖女騒《さわ》ぎで大忙《おおいそが》しなんだよ……おかげでゆっくり家に帰ることもできない」

ため息交じりのお父様の手を、困ったように微笑むお母様が労《いた》わる様に握《にぎ》った。

「あまりにお父様が忙しいから、私もサポートに動いていたのよ。学園に入学したばかりだったのに放《ほう》っておくことになってしまってごめんなさいね。あなた、魔法系列になったんでしょう？」

「私のことより、聖女騒ぎってどういうことですか？」

「ああ……確か、あなたの同級生よね？　光魔法の強い適性者が現れたって王都中で話題よ。それでその令嬢が聖女じゃないかって噂が広まり始めたのだけど、あろうことか神殿《しんでん》も王宮もなぜかそれを信じているのよ。最初はただの噂だと笑っていたはずなのに……」

「私をはじめとした数人がずっと声を上げているんだが、神殿と両陛下がまるで噂を後押しするような動きをするもんだからなあ……」

どうやら、強引《ごういん》に聖女認定《にんてい》させようとする貴族の動きを止めたり、聖女と言われるディジーのことを調べたりと忙しかったらしい。

「……結局、その子は聖女じゃないんですか？」

「それはまだ分からない。ただ、通常、聖女は悪しき魔を払《はら》うと言《い》われていて、本当に聖女だとしても魔を払った実績がないと聖女だとは認められないはずなんだよ。必要のない権威《けんい》は軋轢《あつれき》を生むだけだから」

「お父様……詳《くわ》しいのね」

「誰でも知っている話さ。ただ最後に聖女様が現れたのは百年以上前だったから情報が廃《すた》れて大変でなあ。クライバー子爵《ししゃく》の亡《な》くなった奥方の親戚《しんせき》が神殿関係者だったらしくて、彼が随分頑張《ずいぶんがんば》ってくれた」

思わずお兄様と目を見合わせた。クライバー子爵はリューファス様のお父様だ。

「なんとか正しい情報を行き渡《わた》らせることができたが、それでもまだ不満の声が上がるもんだから参ったよ」

これで少しずつでも聖女に対する正しい認識が広まるといいんだが、とお父様は続けた。

確かに、学園入学前に私も家庭教師に教わった。

悪しき魔。長く続くスタンピードする魔物や、突然変異種の強い魔物、または邪《じゃ》に心を囚《とら》われた大魔女と呼ばれる存在。もしくは魔王と呼ばれる存在。これまで聖女様が現れた時代に実際に確認された悪しき魔と言われる存在の例だ。

平和な世ならば聖女は現れないと言われている。

確かに誰でも知っているような話だ。ただ……私も今お父様に改めて聞かされるまで、なぜかすっかり忘れていたのだ。

学園に向かう馬車の中でお兄様と二人、さっき聞いた話について相談した。

お兄様も、悪しき魔について話を聞くまですっぽりと知識が抜《ぬ》け落ちていたらしい。

「どうしてこんなことを忘れていたのかしら……いえ、これがデイジーの力の影響《えいきょう》の一つだとしたら、どうしてお父様たちは忘れずにいられたのかしら？」

「分からない。それ以上に私は気になることがある」

「なあに？」

お兄様はずっと眉根《まゆね》に皺《しわ》を寄せて考え込むような顔をしている。

「その男爵令嬢《だんしやくれいじよう》の問題を別にしても、エリアナが聖女だということは、そう遠くないうちに悪しき魔が訪《おとず》れるということなんじゃないか？」

その言葉にはっとした。

『聖女の力を持った者が生まれるのは、その力が必要となる時代だけ』

そうよね、私が聖女の力を持っているということは――。

「男爵令嬢の件と関係あるのかも含《ふく》めて、急いで調べる必要がありそうだね」

一度目に起こったこと。私が聖女であること。デイジーの持つ力。作られた聖女の日記。

奇妙《きみょう》な一致《いっち》の恋愛《れんあい》小説。神殿や王宮の異常。皆が忘れている大事な何か……。

私たちが知っているのは、パズルのピースのようなばらばらのヒントばかり。その全《すべ》てが私たちの知りたい何かと関係あるのかどうかも分からない。

ただきっと、お兄様も私と同じように感じている。きっと全て繋《つな》がっている。

私は殿下《でんか》とのデート中に感じた、恐《おそ》らく私も何かを忘れているだろうということ、そして例の恋愛小説の内容と一度目の一致についても話した。ただの偶然《ぐうぜん》で、何も関係はないかもしれない。だけど、小さな違和感も話しておいた方が良い気がしたのだ。

「なるほど……記憶のある三人が皆《みな》そう感じるということは、一度目の時点で大事なことを忘れさせられているのかもしれないね。その小説は今も持っているかい？」

「はい。これです」

「ジェイド殿下にもらったものなのに申し訳ないけど、これを少し借りてもいいか？　無《む》駄《だ》になる覚悟《かくご》で調べてみる価値はあると思う。作者を探してみるよ」

お兄様は私から本を受け取りながらそう言った。

学園に着くと、カイゼルが私を待ち構えていた。

「エリアナ！　ちょっと話しておきたいことがあるんだけど……」

けれど、カイゼルの言葉は途中《とちゅう》で遮《さえぎ》られた。

「ちょっと！　あなたは他《ほか》の男とそうやって話している余裕《よゆう》なんてないんじゃなくて⁉」

怒《おこ》ったように声を掛《か》けてきたのは、相変わらず私を目の敵《かたき》にしている、ソフィア様だ。

一体、なんの話……？

「あれを見なさいよ！　あなたに魅力《みりょく》がないからあんな女がやすやすと殿下に近づくのよ！　やっぱりあなたに殿下の婚約者《こんやく》は荷が重かったんじゃなくって？」

いつでも交代して差し上げるわよ！　と捨て台詞《ぜりふ》を残し立ち去っていくソフィア様。

そこには、上目遣《うわめづか》いで楽しそうに話しかけるデイジーと、その手をそっと握り優《やさ》しく微笑《ほほえ》みかけるジェイド殿下がいた。

「エリアナごめん……君の耳には先に入れておきたいと思ったんだけど、少し遅《おそ》かった」

「……いいえ、いいのよ。心配してくれてありがとう」

呆然《ぼうぜん》とした気持ちでカイゼルに返事をしながら、私の頭はなぜか妙《みょう》に冷静で、ついに始まったかと、そんな風に思っていた。

第三章　恋愛小説の意味

あれから二か月以上経《た》ち、季節は夏。もうじき学園でサマーパーティーがあり、その後学園は夏休みに入る。

二か月前と今で、少しだけ変わったことがある。

まず、日課のようになっていたジェイド殿下の朝のお迎《むか》えはなくなった。振《ふ》り返ってみればたった一か月ほどの日課だった。

あの、デイジーとジェイド殿下が仲良く話しているのを見た数日後、王子妃《ひ》教育で王宮に上がった際に殿下に呼ばれ、言われたのだ。

「デイジー・ナエラス男爵令嬢を知っているよね？　彼女が聖女じゃないかという可能性が高まってきている。それに伴《ともな》って、私が彼女のサポートに付くことになったんだ」

デイジーに微笑みかける殿下を見た瞬間《しゅんかん》から、なんとなくこうなる気はしていたから、ショックも感じなかった。現在の殿下は彼女のサポート自体は仕事としてとらえているようで、特にそれに対しての申し訳なさも感じてはいないようだ。私との時間が減ることを謝り、それについては本当に残念そうに見えた気もする。

それから、殿下とデイジーがともに過ごす姿を幾度《いくど》となく目にしている。

今日も放課後、帰りの馬車へ向かおうと一人で歩いているとき、最近聞きなれた声が耳に飛び込んできた。

「ジェイド様ぁ、今度はいつデートしてくださいますか？」

「デートって……一度、神殿に付き合っただけだろう？」

「そんなつれないこと言わないでくださいよぉ。今街で流行《はや》りのカフェがあるんですけど、カップルで行くとサービスしてもらえるらしくて！　ジェイド様と一緒《いっしょ》に行きたいですっ」

「ははは……」

デイジーは、最初に話した時の印象とはすっかり変わってしまい、今はもう一度目の彼女に近い。

けれど、意外にもジェイド殿下は少し迷惑《めいわく》そうな顔をしている。

まだ、二人は仲睦《なかむつ》まじいわけじゃない。殿下の心は、まだ彼女に奪《うば》われているわけじゃない。

そんな二人を見ながら、気が付くと自分にそう言い聞かせていて……こんな虚《むな》しいことをしても意味はないのに。もっと冷静にならなくちゃ。

それに、一度目と違《ちが》って、殿下が私を冷遇《れいぐう》するようなことにはなっていない。

学園ではデイジーにつきっきりと言っても過言ではないけれど、私が妃《きさき》教育のために王宮にあがった時にはどんなに執務《しつむ》が忙《いそが》しくても必ず時間を作ってくださっている。

それから、私はテオドール殿下やお兄様、カイゼルと会う機会が増えた。

理由はもちろん、お互《たが》いの周りの変化や、少しでも気づいたこと、得た情報がないかなどを共有するため。いまのところ、正直あまり進展はない。

それでも、味方がいる。一人ではないと感じることができるこの時間が、私の心のよりどころのようになっていた。

そしてそのおかげか、ジェイド殿下の緩《ゆる》やかな変化に、思っていたより焦《あせ》りや苦しみは湧《わ》いてこない。

それよりも、まずはデイジーの持つ力について知らなければと、そんな気持ちの方が強くなっている。


「エリアナ、あの恋愛小説の作者が分かった」

お兄様にそう告げられたのは、サマーパーティーを数日後に控《ひか》えたある日だった。

久しぶりの進展に、私とお兄様はすぐにテオドール殿下の執務室に集まることにした。

「小説の作者だが、元々はこの国出身で、嫁《とつ》いで隣国《りんごく》へ渡《わた》った貴族令嬢《れいじょう》だった。あの小説自体書いたのは出版より数年前で、出版元には原稿《げんこう》が匿名《とくめい》で送られてきたらしい」

なるほど、それでなかなか素性《すじょう》が判明しなかったということね……。

原稿を出版社に送った人物が誰《だれ》なのかは分からなかったらしい。

相談の結果、夏期休暇《きゅうか》に入り次第《しだい》、実際に小説の作者に会いに隣国へ行くことに決まった。テオドール殿下は隣国での公務として予定を組むようにするのだとか。

……そういえば、テオドール殿下にはまだ婚約者がいないのよね。どうしてだろう？　第二王子であるジェイド殿下は幼い頃《ころ》から私と婚約しているのに。他国との政略結婚《けっこん》の必要は今後もしばらくはないだろうと聞いているし……。

我が国は、複数王位継承者《けいしょうしゃ》がいる場合、最低でも王子の誰かが成人するまで立太子はされない。とはいえ、よほど問題がなければ恐らく第一王子であるテオドール殿下が王太子になるはずだ。その後ろ盾《だて》として有力貴族の令嬢と婚約していたとしてもおかしくはないのだけど。

まあ、単純にテオドール殿下のお心にかなう相手がいないだけかもしれない。

「では、夏期休暇中はずっと隣国で過ごすことになると思うから、そのつもりで準備しておいてくれ。カイゼルにも声を掛けておく」

移動時間、公務、そして目的の作者との接触《せっしょく》。休息日を入れても日程はギリギリだ。休暇中はジェイド殿下と会わずに済むだろう。そこまで考えてはっとした。

……会わずに済むって。

私は自分が思っているより、ジェイド殿下《でんか》の側《そば》にたえずデイジーがいる今の状況《じょうきょう》に参っているのかも。

今後の予定が決まったところで、お兄様と一緒に殿下の執務室を後にする。

そしてその途中で、また足を止めてしまった。

「エリアナ」

強張《こわば》ったようなお兄様の声にも咄嗟《とっさ》に反応できない。

そこにいたのは庭園を散歩しているジェイド殿下とデイジーだった。距離《きょり》があるので何を話しているかまでは聞こえなかったが、楽しそうな声が響《ひび》いている。

ジェイド殿下の腕《うで》にデイジーがしなだれかかっているのが見えた。

「エリアナ、行こう」

お兄様に手を引かれてその場を後にする。

最後に二人の姿から目を逸《そ》らす瞬間、ジェイド殿下がこちらを振り向いた気がしたけれど、気のせいだったかもしれない。

その夜、計ったようなタイミングでジェイド殿下から、学園のサマーパーティーのためのドレスが届いた。夏の夜によく似合う、爽《さわ》やかな水色の涼《すず》し気なドレス。

──いつまでもこのままではいられない。小説の作者に会って、少しでも何か糸口が見つけられますように。

縋《すが》る様にそう願いながら、私は眠《ねむ》りについた。

❋

今日は学園でサマーパーティーが行われる。

「エリアナ、大丈夫《だいじょうぶ》かい？」

「お兄様！　ありがとう、私は大丈夫よ。今日はお兄様も踊《おど》ってくださる？」

「もちろんだよ！　私の可愛《かわい》いエリー」

パーティーの為《ため》にリッカに支度《したく》をしてもらい、ジェイド殿下の迎えを待っている。お兄様は最近の私の気持ちが弱っていることに気付いていて気遣《きづか》ってくれているのだ。

「エリアナは水色のドレスもよく似合うね。夏の妖精《ようせい》のようだ。ジェイドもなかなかセンスがあるじゃないか」

「ふふふ、ありがとう。でも妖精だなんて言いすぎだわ」

ジェイド殿下は、約束の時間より少し遅《おく》れてやってきた。

「エリアナ！　遅《おそ》くなってごめん！」

……あまりに遅いから、もう来てくれないかと思ったことは、黙《だま》っていることにした。

「いいえ、私は大丈夫ですわ。今日もお忙しかったのですか?」

「あああ、デイジーがちょっとね……」

思わず口をついて出たのか、殿下はそこまで言うと、しまったと言わんばかりに慌《あわ》てて口を噤《つぐ》んだ。……そんなことだろうとは思っていた。

それに、殿下はデイジーを名前で呼んでいるのね……。

殿下は随分疲《ずいぶんつか》れているようで、馬車の中ではぽつりぽつりとたまに言葉を零《こぼ》すだけ。口数少なく、ただただ私に寄り添《そ》うようにくっついて座っていた。

私にとっても、久しぶりに心から休まる時間……デイジーに邪魔《じゃま》されない、二人だけの僅《わず》かな時間。余計なことは考えず、触《ふ》れた腕に殿下の温《ぬく》もりを感じながら、学園のダンスホールまでじっと馬車に揺《ゆ》られていた。

会場に入り、他《ほか》の生徒と言葉を交《か》わし、楽団の演奏が始まるのを皮切りに、ジェイド殿下とファーストダンスを踊る。

今は、二人だけ。二人だけの世界だ。

「ずっと、君とこうして踊っていられたらいいのに」

殿下はそっと耳元で囁《ささや》いた。その声に熱がこもっているのを感じて、たまらず殿下の肩《かた》に添えた手に力が入る。

心のどこかで、本当に？　と思ってしまって……そんな考えを慌てて振《ふ》り払《はら》う。

あっという間に一曲が終わってしまった。

「……私も、」

こうしていたいです。と続けようとした言葉は最後まで言うことができなかった。

「ジェイド様っ！」

まだ私と殿下の手が完全に離《はな》れていないのに、横から飛びつくような形でデイジーがジェイド殿下の腕にしがみついたのだ。

「今日は私と踊ってくださる約束ですよね！」

にこにこと人好きのする顔で笑うデイジー。一瞬《いっしゅん》真顔に戻《もど》った彼女はちらりとこちらを見ると、僅かに目を細め、口の端《はし》で薄《うす》く笑った。

……これが、私に助けられて無邪気《むじゃき》な笑顔《えがお》を向けていたデイジー？

ジェイド殿下はその勢いに、私に言葉をかけることもなく連れていかれてしまった。

「殿下を、悪く思わないでいただけますか」

その場に立ち尽《つ》くしていた私に声を掛《か》けてきたのはリューファス様だった。少し離れたところでサマンサ様が心配そうにこちらを見ている。

「……」

私はなんと答えればよいか分からず、じっと黙ってリューファス様の赤い瞳《ひとみ》を見つめる。

彼は私の返事を待つことなく、少し困った顔をしたまま立ち去った。

あまりにモヤモヤとして、唇《くちびる》をぎゅっと噛《か》んだ。

「そんな風にしては、可愛い唇に傷がついてしまうよ」

はっと思わず噛みしめていた力を緩《ゆる》め、顔を上げると、いつのまにかテオドール殿下が私の目の前に立っていた。

殿下はとびきりの微笑《ほほえ》みを浮《う》かべ、優雅《ゆうが》にその手を差し出した。

「エリアナ嬢《じょう》、私と踊っていただけますか？」

私は何かを考えるより前に、思わずその手を取っていた。

踊り始めたテオドール殿下と私にざわりと周りが騒《ざわ》めく。

皆《みな》、知っているのよね。婚約《こんやく》者のいないテオドール殿下は、いつも誰とも踊らないということを。そのため、殿下が踊っているというだけで驚《おどろ》きと注目が集まるのだ。

「殿下……ありがとうございます。一人で惨《みじ》めに注目を集める私を助けるために誘《さそ》ってくださったんですよね」

思わず言葉が自嘲《じちょう》気味になってしまう。実態がどうであれ、目の前でデイジーの手を取ったジェイド殿下の姿に、私に対する好奇《こうき》の視線を痛いほど感じていた。

だけど、テオドール殿下は私を見つめながら微笑んだ。

「結果的に君を助けるようなことになったなら光栄だけど、私はただ君と踊りたかっただけだよ。誘っても許されそうな状況が転がり込んできたから、ありがたくチャンスを頂戴《ちょうだい》しただけさ」

「まあ……」

テオドール殿下が茶目っ気たっぷりにそんなことを言うから、私もつられて笑った。意図せず踊りながら微笑みあう二人の図の出来上がりだ。周りの生徒からほうっとため息が漏《も》れ聞こえる。

この人はなんて優《やさ》しいんだろう？　それに、なんだかこうしていると、とても心が落着いていく。あんなにモヤモヤとしていた心はいつのまにか晴れていて素直《すなお》にダンスを楽しいと思える。

「ほら、こんなに楽しい時間を君にもらって、お礼を言うことはあっても感謝されるようなことは何もない」

こちらを見つめる金色の瞳が優しく細められて、さっきまで冷え冷えと凍《こお》り付きそうだった心がじわじわと温かくなっていくのを感じる。それ以上を言葉にするのも無粋《ぶすい》な気がして、私は心の中で何度も感謝の言葉を呟《つぶや》いていた。

テオドール殿下ってすごい。だって、テオドール殿下がこうして寄り添ってくれることで、すごく安心できるんだもの……。

曲が終わると、すぐにお兄様が近づいてきた。

「テオドール！　私より先にエリアナと踊るなんて……」

どうやらお兄様は自分が先に踊れなかったことが不満のようで、ぶつぶつと文句を言いながら不貞腐《ふてくさ》れた顔をしている。

「ふふふ、それで、出遅《でおく》れたお兄様はもう私をダンスに誘ってくださらないの？」

「まさか！　エリアナ、テオドールとのダンスより楽しい時間を過ごそう」

対抗《たいこう》するように手を差し出してくるお兄様にテオドール殿下も苦笑いを浮かべる。

お兄様の手を取り再び踊り始めても、一度楽しくなった気持ちは変わらない。

ジェイド殿下がずっと側《そば》にいてくれれば、悲しい思いもしなかっただろうけれど、こんなに楽しい思いも味わえなかったはず。そう考えれば悪いことばかりではないわよね。

にこにこと心からの笑みを浮かべて踊る私を見て、お兄様は満足そうに頷《うなず》いた。

「なあに？　お兄様」

「エリアナ。お前が笑顔でいると私は嬉《うれ》しいよ」

「お兄様ったら……」

ああ、私は大丈夫だ。だってこんなにも温かい味方が何人も側にいる。

そう、何人も。

「エリアナ様！」

踊り終わった私たちに声を掛けてくれたのはサマンサ様とメイだ。キースやドミニクをはじめとしたクラスメイトたちも数人集まってきて私を囲んだ。

「お兄様、私は大丈夫《だいじょうぶ》だわ。こんなに大好きな友人たちが側にいてくれるんですもの」

私の言葉を聞いた周りの皆が、私以上に嬉しそうに笑っている。

遠くの方でずっとジェイド殿下《でんか》とデイジーがべったりとくっついていることも、もう気にはならなかった。

❋

サマーパーティーが終わると、あっという間に夏休みになった。

……あれから、ジェイド殿下からの連絡《れんらく》はない。

私は予定通りお兄様、カイゼル、テオドール殿下と共に隣国《りんごく》、スヴァン王国へ赴《おもむ》く。

隣国といえども、我が国の辺境に面した国。隣国の王都までは馬車で四日ほどの道のりだ。

「やっぱり、異常だね」

馬車の中に戻ってきたカイゼルがため息を零す。

実は馬車に揺《ゆ》られ始めてすでに今日で六日目。本当ならとっくにスヴァン王国の王宮に着いているはずだったのだが、随分予定がくるっていた。

「スヴァン王国までの道は遠いとはいえ綺麗《きれい》に整備されて久しい。こんなにも魔物《まもの》が出るような場所ではないはずなのだがな……」

テオドール殿下が難しい顔で唸《うな》る。

そう、遭遇《そうぐう》する魔物の数がかなり多いのだ。

私もスヴァン王国には今までに訪《おとず》れたことがあるけれど、こんな風ではなかった。出てくる魔物自体はごく弱い個体ばかりでそこまで危険はないものの、確かにこれは異常だ。

魔物に遭遇するたびに一時停車し、周囲を警戒《けいかい》してまた進むということを繰《く》り返すため移動に時間がかかっているのだ。

「それにしても、エリアナのおかげで安心して移動が出来て助かるよ」

「少しでも役に立てているなら嬉しいわ」

戦闘《せんとう》は護衛の騎士《きし》様たちとともにテオドール殿下やお兄様、カイゼルが率先《そっせん》して引き受けてくれているので、私はせめてもと身体強化や疲労《ひろう》回復の魔法を皆に施《ほどこ》していた。後はたまに討《う》ち漏《も》らしの魔物への攻撃《こうげき》。なかなかいい魔法の練習になっている。

スヴァン王国の王宮には、その日の夜に到着《とうちゃく》した。

その日から連日公務をこなし数日後。やっと件《くだん》の小説の作者に会いに行ける日が来た。

出発した日の夜に中間地点の街に一泊《いっぱく》し、私たちは目的地へ急いだ。

小説の作者が嫁《とつ》いだという目的地、ダッドリー辺境伯領地には、午前中に到着した。

「第一王子殿下、皆様《みなさま》方、はるばるようこそいらっしゃいました」

にこやかに出迎《でむか》えてくれたのは、ミシェル・ダッドリー辺境伯爵《はくしゃく》夫人。

穏《おだ》やかそうなこの女性が、あの小説の作者なのね……。

「夫人、今日は公務ではなくプライベートな訪問だ。あまりかしこまらないでくれ」

「ふふふ、まさかこうして他国に嫁いだ後に自国の王子様が私の元へ訪ねていらっしゃることがあるなんて、人生何が起こるか分かりませんわね」

ミシェル夫人に促《うなが》されるまま屋敷《やしき》に入り、客間に通される。

「それで、私の書いた本について何か聞きたいことがあると伺《うかが》いましたが」

「はい。まず、これはあなたが書いたもので間違《まちが》いないでしょうか？」

私は持ってきていた小説を机の上に差し出した。あの日、ジェイド殿下にもらったものだ。ミシェル夫人は本を手に取り、パラパラとページをめくる。

「まあ、本当に懐《なつ》かしいわ。これがベストセラー小説になっているなんてね〜。本当に人生何があるか分からないわ……それにしても神殿《しんでん》がよく出版を許したわね」

「え？」

神殿が出版を許す、ってどういうことだろう？　そんな疑問がわいたけれど、質問する前に、ミシェル夫人の手が止まる。

「あら？」

「どうかされましたか？」

「これ……確かに私が書いたものだと思うのですけれど、結末が変わっていますわ」

「それは本当ですか？」

殿下は身を乗り出し、声を硬《かた》くする。

「ええ、そもそもこれは神殿に伝わる過《あやま》ちのお話を色んな人に広めるために書いた、言わば注意喚起《かんき》のようなものだったのです。けれど当時、神殿の落ち度を知られることを良しとしなかった上層部からストップがかかりました。……でもこれじゃただの恋愛《れんあい》小説よね」

どうりで神殿が口を出さないわけだわ、とミシェル夫人は呟いた。

神殿に伝わる過ち、神殿の落ち度。その言葉で思い浮《う》かぶのはあの聖女の日記だ。思わず殿下の方を見やると、同じようにいぶかしげな顔をした殿下と目が合った。

無駄《むだ》になる覚悟《かくご》でここへ来たけれど、何かのヒントを得られるかもしれない。

「そもそも、私は神殿が過去の過ちを人々に伝えないことも間違っていると思っていたんです」

ミシェル夫人は、自分の知っていることが今起こっている何かの解決への糸口に少しでもなるならと話してくれた。

「私はマクガーランド王国の辺境近くにある小さな男爵《だんしゃく》家出身なのですけど、領地の近くの村に古い神殿があったのです。その神殿を司《つかさど》る神官様は昔大神殿の最高神官だった方で、小さな頃《ころ》から神殿に通う私に色々な話を聞かせてくれました。……実は私、光魔法適性で神官の資質有りとされていて、若い頃は大神官候補と言われていたんですよ」

　穏やかに笑いながら言う夫人の言葉に少し驚《おどろ》く。が、同時に納得《なっとく》もした。それで神殿の秘密に触《ふ》れることができたのだろう。

「これでもかなり優秀《ゆうしゅう》だったんですよ。だから分かることもあるんです。エリアナ様……あなた様は聖女の力をお持ちなのではありませんか？」

　隣《となり》に座っているテオドール殿下がはっと息を呑《の》んだ。

……ミシェル夫人はきっと、本当に優秀な大神官候補だったのだろう。そして恐《おそ》らく、私が聖女であると気付いているからこそ、こうして秘匿《ひとく》であるはずの話をしようとしてくれている。ならば私も誠実に向き合わなければいけない。

「はい、私は確かに聖女の力を持っていると思います」

「では、これはきっとアネロ様のお導きなのでしょう。私の知る限りの話をお伝えします」

　ミシェル夫人は、驚くこともなく、にこりと笑って続ける。

「先ほども言ったようにこの小説は神殿も関与《かんよ》した過去の過ちについて伝えるために書いたものなのです。そして、見たところおそらくそれをお知りになりたくていらしたのでしょう？　結末が変わっているとはいえ、これはそういう者を導く役目も持っていました。まず最初に確認《かくにん》させてください。あなた方は何をどこまでご存じでいらっしゃいますか？」

私を聖女だとすぐに見抜くだけあって、ミシェル夫人は私たちがこうして隣国の辺境まで会いに来たことに対して多少は事情を察《みぬ》しているらしい。

「作られた聖女がいたこと、そしてその三代目の頃に何か良くないことが起こったらしいということだけ。どのようにしてその力を得たのか、その先に何があったのかまでは知りません」

「なるほど。ではまず、当時の神殿と王族が作り出した聖女の力についてお話しします。とは言え、私が知るのも概要《がいよう》だけですが。二度と同じことができないよう、その力を人為《じんい》的に作り出す詳《くわ》しい手順は受け継《つ》がれることはありませんでした」

その言葉に少し安心する。最後に破滅《はめつ》が待っているかもしれない危険な力を、今でもどこかの誰《だれ》かが生み出せるとしたらそれは恐ろしいことだもの。

「そもそも、人は自分の持っている魔力《まりょく》より、何倍も何十倍も強い力を誰かに授けることはできません。聖女の力は正《まさ》しく特別です。その力に近いものを生み出すとき、何の力を頼《たよ》ったか想像できますか？」

確かに、それは疑問だった。特別である聖女の力を、どうやって人為的に作り出すことができたのか？

「飛びぬけて優秀な神官や魔法士の力を集めた……とか？」

テオドール殿下《でんか》が答えるが、そんなことで聖女の力が作れるものではないということも分かっているのだろう。ミシェル夫人も静かに首を横に振《ふ》る。

聖女の力に近い力を生み出す……聖女自身ならともかく、その聖女が現れないという問題を解決するために生み出された方法なのだ。聖女ではないが、せめてそれに次ぐだけの力。聖女には敵《かな》わなくとも、聖女以外では敵わないほどの力……。

まさか――？

「悪《あ》しき魔の力……？」

思わず漏《も》らした言葉に、ミシェル夫人はゆっくりと頷《うなず》く。隣に座るテオドール殿下の緊《きん》張《ちょう》が伝わる。

「そうです。人は聖女の力をもって倒《たお》すべき悪しき魔の力を借りて、聖女の力を作り出したのです」

確かに、聖女の力でしか倒せない程《ほど》の力を秘《ひ》めた悪しき魔ならば、それに準ずる力を生み出すこともできるのかもしれない。この場合、人と取引が出来るだけの知性のある大魔女か魔王が相手になるのだろうか？

「しかし、悪しき魔が、自分を脅《おびや》かす力を作ることに力を貸すなどということがあるのだろうか？　人の願いを聞き入れるとは思えない」

そう、人に悪しき魔を従わせる力もなければ、悪しき魔が従う理由もないのだ。

「人がどうやって交渉《こうしょう》を進めたのかまでは分かっていません。しかし、人に力を貸すことに悪しき魔にも利点があったとしたら？」

「利点……？」

「悪しき魔とされる存在の中で殊更厄介《ことさらやっかい》であるとされるのは大魔女、あるいは魔王です。彼らが元は人間であったことはご存じですね？」

「特別魔力の強い者が邪《じゃ》に心を落とし、人ならざる者となった成れの果てがそうだと」

「そうです。さらに、悪しき魔に落ちるのはその者が持つ『資質』も関係しています。良くも悪くも資質がなければ自らを呑み込む邪心《じゃしん》に囚《とら》われてしまうだけ。悪しき魔へと生まれ変わる前に命を落として終わりです。では、悪しき魔が聖女でなければ敵わぬ程の力を育てるまでに、何が起こっているか」

確かに、可能性を持った全《すべ》てが悪しき魔になるのならば、世にはもっとその存在が溢《あふ》れていたことだろう。そして、元が人である以上、最初から聖女でしか倒せない程強いなどということはありえないのだ。

力を、育てる……。

「……分かりません」

悪しき魔とは、『そういう存在』だとしか思っていなかった。確かに大魔女や魔王は、元は人間であり、人ならざる者になったとはいえそこには力の成長があるのだ。でも、それがどういったものであるかなんて、想像したこともなかった。

「悪しき魔は自分と相性《あいしょう》の良い力を喰《く》らい、取り込んで強くなるのです。相性の良い力とは具体的に、同じ邪に落ちた心のことを言います。つまり」

ミシェル夫人の真剣《しんけん》な眼差《まなざ》しが私を見る。

「自分より後に生まれたまだ力の弱い悪しき魔、もしくはこれから悪しき魔と成りうるであろう、邪に心を囚われた人間の魂《たましい》を彼らは好むのです。そして喰らった力が強ければ強いほど、悪しき魔はより成長できる。分かりますか？」

嫌《いや》な予感に心臓がざわざわと騒《ざわ》めく。テオドール殿下が強張《こわば》った声で答えた。

「人為的に作った聖女の力を手にした者が邪に落ちれば……悪しき魔にとってこれほどの御馳走《ごちそう》はないということか」

「そして元々人間であった悪しき魔は、人の心が簡単に邪に染まることを知っている。特に、身に余る程の強大な力を手にし、それに溺《おぼ》れない者はほとんどいないことも。……いずれ、必ず聖女の力を与《あた》えられた者が邪に落ちると確信があった」

――だから、取るに足らない人間の願いに力を貸し、いつか来るその時を待った。

「あの小説の中では本来、聖女になった主人公は悪しき魔によって作られた力を手に入れた少女でした。あなた方が聞いた三代目の作られた聖女のように王太子の心を操《あやつ》り、邪な心で力を使ったことで最後には悪しき魔に喰らわれてしまう、そんな結末だったのです」

彼女は過《あやま》ちを伝えたいと言った。それはつまり小説の出来事は、実際にあった出来事が元になっているということ。

あの日記を残した三代目の作られた聖女の末路……彼女は、悪しき魔の御馳走になったのだ。

「聖女の力を生み出すのに悪しき魔の力を借りたことは分かりました。では、その力を誰かに授ける為《ため》にはどのような方法がとられたのだろうか？」

ミシェル夫人はテーブルに置かれた紅茶を少し飲む。

「媒体《ばいたい》として、王家の至宝が使われたと聞いています」

「王家の至宝？」

殿下が怪訝《けげん》そうな顔をした。

「その至宝が具体的にどんな物かは私も知りません。ただ、その至宝に生み出された聖女の力を込め、聖女に選ばれた者が自分の魔力を循環《じゅんかん》させることで自分の力として扱《あつか》えたのだと聞いています」

「その至宝が今どこにあるのかは知っていますか？」

「いえ……さすがにそこまでは。ただ、至宝は王家が厳重に管理し、聖女の力を作り出すのに協力したとされる大魔女は、その後現れた本物の聖女様によってどこかに封印《ふういん》されたとだけ聞いています」

王家には至宝とされる宝石や財宝が多く管理されている。聖女の力を宿した至宝も、その中にあるのかもしれない。

通常、悪しき魔は聖女によって浄化《じょうか》され消滅《しょうめつ》するとされている。しかしミシェル夫人が言うには、その大魔女は作られた聖女が邪に落ちたところを喰らい、その後に現れた本物の聖女の力でも浄化しきれない程の力を得てしまったらしい。封印するのが精いっぱいだったのだそうだ。

つまり、どこかに大魔女が封印されている。……その封印が万が一にでも解かれてしまったら、一体どうなってしまうのだろう。

「今も、作られた聖女の力を使うことはできるのですか？」

「理論上は力の込められた至宝に、それを扱えるだけの魔力を持った者が力を注げば可能だと思います。ただ……」

「ただ？」

「至宝に込められた力は、封印されている大魔女の力と連動しています。その力を使えるとしたら恐《おそ》らく……大魔女の封印も、いずれ解けることになるのではないかと」

指先の血の気が引いていくのを感じた。殿下も同じ思いだったのだろう、思わずといった風にその手が私の手に重ねられる。

私たちは、デイジーがその力を手にしているのではと考えている。もしもその考えが当たっている場合……大魔女の封印が、そう遠くないうちに解かれる可能性があるということ。

当時の聖女が浄化できなかった程の力を持ってしまった大魔女。今対抗《たいこう》できるとしたら、聖女である私だけということになる。その時は私に……対抗出来るのだろうか？

「ミシェル夫人、貴重なお話を聞かせていただきありがとうございました」

馬車に乗り込む私たちを見送りに出てきてくれたミシェル夫人に頭を下げる。

「いいえ、私も聖女様のお力になれるのであればこれ以上の幸せはありませんから」

私は、穏《おだ》やかに微笑《ほほえ》む夫人を見ながらどうしても気になっていたことを口にした。

「あなたほど大神官の地位に相応《ふさわ》しい方もいないように思います。重大な事実を多く知らされていたことからも、当時の神殿《しんでん》としても同じ認識《にんしき》だったのではないですか？　結婚《けっこん》を決められたのは神殿を出た後だと伺《うかが》いましたが、どうして神殿を離《はな》れられたのですか？」

遠慮《えんりょ》のない不躾《ぶしつけ》な質問だとは分かっていた。それでもミシェル夫人は依然《いぜん》として微笑みを崩《くず》さない。

「私は、神殿から追放されたのです」

「追放ですか？　なぜ？」

予想外に穏やかではない答えに思わず動揺《どうよう》する。

けれどミシェル夫人は何でもないことのように笑った。

「その小説を書いたせいです。最初に言った通り、私はこの聖女の力を作り出したという過ちをできるだけ広く広めようとしました。二度とこんなことを考える者が出ないようにと。ただ、それは神殿としては都合の悪い事実です。それで、追放です。結婚を機にこの国に来たのではなく、マクガーランド王国にいられなくなりこのスヴァン王国に渡《わた》った後、旦那様《だんな》に出会ったのです」

ミシェル夫人は、おかげで今の幸せを手にできたと気にしていないように笑っていたけれど、清廉《せいれん》と謳《うた》われている神殿がそのようなことをするなんてと私は絶句してしまった。

でも、よく考えると確かに、聖女の力を生み出すために倒《たお》すべき悪《あ》しき魔《ま》を頼《たよ》ってしまっていたり、三代目には貴族の欲と思惑《おもわく》に乗り資質が確かでない者を聖女としてしまったり、その行いは決して清いとは言えない。

ミシェル夫人は最後にそっと教えてくれた。

「実は追放される際、その小説に呪《まじな》いをかけたんです。本当に真実を知る必要がある者がこの小説を読んだ時、私の元を訪ねてくれるように」

思わずテオドール殿下《でんか》と顔を見合わせた。最初に躊躇《ためら》う様子もなく私を聖女ではないかと確認してきたことにも納得《なっとく》がいった。今日こうして大事な事実を知ることができたのも、全てミシェル夫人の導きだったのだ。

そんなミシェル夫人でも、小説自体が出版されることになるとは思いもしなかったと言っていた。誰《だれ》がその原稿《げんこう》を持ち出し、出版までこぎつけたのかも気になるところだ。

「次回は是非《ぜひ》、夫がいる時に遊びにいらしてください」

彼女の夫であるダッドリー辺境伯は、数日前から国境の魔物討伐《とうばつ》に出ているらしい。やはり、この辺りでも魔物の活性化をとても感じると言っていた。この異変もひょっとすると大魔女の封印が緩《ゆる》んでいることが原因かもしれないと思うとぞっとする。

私たちはもう一度彼女に心からの感謝を伝え、ダッドリー辺境伯領を後にした。

馬車で王都に戻《もど》りながら、テオドール殿下と相談する。

「国に戻り次第《しだい》、私は聖女の力が込められた至宝がどこにあるか探そうと思う」

「そうですね……大魔女が封印されている場所は調べられないでしょうか？」

「それを調べるには今はまだヒントが少なすぎる。ミシェル夫人が小説の原稿を隠《かく》したという、辺境近くの古神殿にも行く必要があるかもしれないな」

ミシェル夫人に数々のことを伝えた大神官様は、今もその神殿にいるはずだと彼女は言っていた。その神官様に会えば、ミシェル夫人が知る以上のことも聞けるかもしれない。

「戻り次第、すぐに赴《おもむ》きますか？」

「いや、すぐに学園が始まる。……気が焦《あせ》るだろうが、学園に通い着実に力を伸《の》ばすことも必要だ。君は特にね。デイジー・ナエラスの動向や周囲への影響《えいきょう》も気になる。まずは王都で出来ることをこなしていくことを優先しよう」

確かに。デイジーが本当に聖女の力を使っているのか確かめる意味でも、王家の至宝の在処《ありか》を調べることが最優先かもしれない。そして、そうである場合、何よりも大事になるのは私が対抗しうる力をつけておくことだ。

無闇《むやみ》に学園生活をおろそかにし大々的に動くことで、デイジーに警戒《けいかい》されることも避《さ》けたい。そうも言っていられない事態になるまでは、着実に一つずつこなしていくしかないということよね……。


ダッドリー辺境伯領からスヴァン王都に向かう道中の中間地点の街に着き、私たちは行きと同じ宿に宿泊《しゅくはく》することにした。この小さな街は平和で、広場に円を描《えが》くように宿や店、食堂などがずらりと並んでいる。他《ほか》には民家や畑、少し外れに花畑があるくらいで、人も多くはなく、街とは言うがその様子は村に近い。田舎《いなか》特有の穏やかな空気が心地《ここち》いい場所だ。この街を囲むような位置に存在する他の大きな街の騎士《きし》団や自警団が外の魔物を討伐《とうばつ》しているらしく、ここまで魔物が入り込むことがないのも平和な理由の一つだろう。

『私がこの小説の話をしたのは、神殿の者以外ではマクガーランド王都に住む貴族の女性一人だけ。ただ、お互《たが》いに本名などは明かさず交流していました。私はミーシャ、彼女はリリーと名乗っていました』

ミシェル夫人は、最後にそんなことを教えてくれた。彼女の小説を持ち出し、出版社に送ったのはその「リリー」と名乗っていた女性だろうか？　明らかになったことも多いが、まだ分からないことも多い。

昼間にミシェル夫人に聞いた話が頭の中をぐるぐると回って目が冴《さ》えていた私は、街の広場から少し外れた場所にある花畑まで散歩することにした。

「わあ……」

少し緩やかな坂になった先に、広がる花畑を見て思わず感嘆《かんたん》の声を上げてしまう。そこに広がっていたのは、美しいコスモス畑だった。

白と薄《うす》ピンクのコスモスが月明かりに浮《う》かび上がる様に見えてすごく綺麗《きれい》だ。花の香《かお》りに包まれてほうっと息をつく。

ここ最近、思えば緊張《きんちょう》の連続だったわよね。

学園での変化もやはりストレスになっていたと思うし、スヴァン王国に来てからも魔物の異常に気持ちが張り詰《つ》めていたり、今日も重大な事実をたくさん聞いた。その緊張がほぐれていくような思いだった。

そうしてぼんやりとしていると、静かな空間に虫の声が僅《わず》かに聞こえるばかりだったその場に、誰かの足音が響《ひび》いた。

「そこにいるのは……エリアナ嬢《じょう》？」

聞こえてきたのはすっかり聞きなれてしまった声だった。

「……テオドール殿下」

「驚《おどろ》かせてしまってすまない」

私がほっと息をついたのが分かったようで、顔が見える距離《きょり》まで近づきながらテオドール殿下はそう言って笑った。

「まさか君がいるとは思わなかった。眠《ねむ》れなかった？」

「はい、実は目が冴えてしまいまして。もしかして殿下もですか？」

「恥《は》ずかしながらね」

どうも殿下も緊張状態がなかなか抜《ぬ》けなくて、一人散歩をしていたようだ。似たようなことを考えて同じ場所に来てしまったことに思わず笑ってしまう。

「それにしてもコスモス畑か。美しいが慎《つつ》ましい、穏やかなこの場所にぴったりな花だね」

目が慣れてきたのか、コスモスを見つめる殿下の横顔が良く見える。殿下は王族に相応しく、その容姿も立ち居振《いふ》る舞《ま》いもとても華《はな》やかな人だ。それなのに、決して派手ではないこのコスモス畑が良く似合うと思った。

殿下は不意に視線を私に移す。

「君は薔薇《ばら》のように華やかでとても美しいのに、不思議と慎ましく咲《さ》くコスモスもよく似合うね。この中にいるとまるで可憐《かれん》なコスモスの妖精《ようせい》のようだ」

またもや同じようなことを考えていた。温かな気持ちになってつい笑《え》みがこぼれる。そんな私を不思議そうに見る殿下に、いつかのお兄様のことを思い出した。

「ふふふ。いつだったか、お兄様も私を元気づけようと、妖精に喩《たと》えてくださったことがありましたわ」

冗談《じょうだん》めかしたように言った私の言葉に、殿下もわざとらしく少し顔を顰《しか》める。

「なるほど、ランスロットを侮《あなど》るわけじゃないけど、あいつと同じ言葉で君を褒《ほ》めたと思うと複雑な気持ちになるね。……だけど」

テオドール殿下はコスモスの中を一歩私に歩み寄る。

「別に君を元気づけようと言ったわけじゃなくて、本心からそう思っているよ」

優《やさ》しい声色《こわいろ》と、表情は穏《おだ》やかなのに真剣《しんけん》な視線にどきりとする。月明かりに発光しているかのように見えるコスモスに照らされて、テオドール殿下の金色の瞳《ひとみ》が綺麗だった。

その瞳に吸い込まれてしまいそうで何も言えないでいる私に、殿下は空気をがらりと変えるように、にこりと笑った。

「さて、明日も移動が続くし、スヴァン王都に着いてからもあまりゆっくりはできないかもしれない。そろそろ宿に戻ろう」

「……はい」

花畑を背に、さっきは一人で歩いた道を二人で並んで戻っていく。テオドール殿下は私を気遣《きづか》うようにゆっくりと歩いてくれている。その優しさが心地よくて、宿に着いてしまうのが何だか寂《さみ》しいような気がした。

「エリアナ嬢、おやすみ、いい夢を」

「はい。テオドール殿下《でんか》も……おやすみなさいませ」

どこか物悲しい気持ちになるのは、もうすぐ夏が終わるからだろうか。

もう少しテオドール殿下と一緒《いっしょ》にいたいと思ってしまった。けれど、そんなことは言えるわけがないし、言うべきではない。

ジェイド殿下の変化を止められず、ディジーを止めることもできていない。そんな焦《あせ》りがあるせいで、テオドール殿下に対して甘えた気持ちが出ているのかもしれない。なぜか、テオドール殿下の側《そば》にいると、安心できるから……。

国に帰り、休みが終われば学園が始まる。

今頃《いまごろ》、デイジーやジェイド殿下は、どうしているのだろう。

第四章　聖女の力と戦う覚悟

「エリアナ様、サマンサ様！　お久しぶりです！」

夏休みが終わり、久しぶりに登校した教室で早々に元気に声を掛《か》けてくれたメイや、そんなメイを少し落ち着くようにと窘《たしな》めるサマンサ様の姿にほっと安心を覚える。

そんな自分の気持ちに、ここが自分の居場所になったのだと嬉《うれ》しさも覚えた。

けれど、話しているうちに、サマンサ様の様子がどこかおかしいことが気になった。

「ところで……あの、サマンサ様、何かありました？」

「あ……」

さっきまで笑っていたサマンサ様はさっと顔色を変え、フリーズしてしまった。

いつものサマンサ様といった風に笑っていたけれど、どうにも空元気なように見えたのだ。この反応を見るに、やはり無理をして普段《ふだん》通りに振る舞っていたらしい。

サマンサ様の様子がおかしい理由はすぐに分かった。

「……いつからですか？」

「……夏休みに入ってすぐ、何か様子がおかしいとは思っていたんです。週に一度は会う機会を作ってくださっていたのもなくなり、それでも忙《いそが》しいのだと自分に言い聞かせていたのですが……私との約束を反故《ほご》にした日が、街で彼女と一緒にいるところを見かけた最初でした」

「サマンサ様……」

私たちの視線の先には、リューファス様とデイジーがいた。

その側にはジェイド殿下もいる。二人ともデイジーとの距離がやたらと近く、彼女に侍《はべ》っているようにしか見えない。

サマーパーティーの時には、こんな風ではなかったのに。サマンサ様に対してもいつも通りだったし、私を心配してくれていたようにも思う。

一度目を体験し、心構えができていた私とは違《ちが》う。隣国《りんごく》に滞在《たいざい》していたとはいえ、ジェイド殿下から休み中に一度も連絡《れんらく》がなかった私は覚悟《かくご》していたけれど、サマンサ様は違う。どれほどの衝撃《しょうげき》を受けただろうか。どれほど苦しい思いをしているだろうか。

「サマンサ様、きっと何か事情があると思うのです。このことは私に任せてもらえませんか？」

「はい……エリアナ様も大変ですのに、私ばかり弱ってしまってすみません」

瞳に涙《なみだ》をためてそう零《こぼ》すサマンサ様が痛々しくて辛《つら》い。

本当は全《すべ》て言ってしまいたい。『デイジーは特別な力を使っている。リューファス様が心変わりしてしまったわけではない』と。そう伝えられたらどんなにいいだろう？

二人のことは信頼《しんらい》しているし、今起こっていることを知ったらきっと力になってくれるだろう。ただ、事実を伝えるということは巻き込んでしまうということ。

それに……。

デイジーに微笑《ほほえ》みかけるジェイド殿下を見る。

本当に、心変わりをしたわけではないと言えるのだろうか？　デイジーが聖女の力を使っている、もしくは使おうとしていることはおそらく間違いないだろうと思う。

けれど、どこからどこまでが力の影響《えいきょう》で、どこまでが彼らの本心なのか、私にももう分からないのだ。

「あなた方は揃《そろ》いも揃って、一体何をしてらっしゃるの？」

怒《いか》りを通り越《こ》して呆《あき》れた顔をしたソフィア様にそう声を掛けられたのは、マナーの授業の一環《いっかん》としてダンスの実技を行う時間のことだった。普通《ふつう》系列のソフィア様と同じ授業になるのは、こうしたマナーの授業のときくらいだ。

彼女がぎろりと睨《にら》みつける方向には、案の定というか、デイジーの姿がある。そして、その傍《かたわ》らにはジェイド殿下やリューファス様をはじめ、その他《ほか》にも数人の高位貴族の子息がいて、誰《だれ》が彼女のダンスパートナーを務めるかを争っているのだ。

私は苦笑いするしかない。

「あなた方以上に、彼らはなにをしてらっしゃるの……」

ジェイド殿下やリューファス様はもちろん、デイジーに迫《せま》っている男子生徒のほとんどに婚約者《こんやく》がいるという事実が一番の問題なのよね……。

本来、授業であっても婚約者がその場にいるなら最初のダンスは婚約者をパートナーに選ぶ。練習である以上、その後は色んな相手をパートナーに踊《おど》るものなのだけれど、彼らはその最初の相手になりたくて彼女に手を差し伸《の》べているのだ。

さすがのソフィア様も眉根《まゆね》を寄せて困惑《こんわく》している。

「それに、どうしてこのような事態に教師は何もおっしゃらないのかしら？」

彼女の疑問はもっともだと思う。けれど教師に限らず、婚約者がデイジーを取り合う輪の中にいるという女子生徒の多くが、その光景に心を痛めながらもそれに異を唱えられずにいる。サマンサ様も憔悴《しょうすい》していて、リューファス様に直接抗議《こうぎ》できるだけの気力が湧《わ》かないようだった。

中には窘めようと声を掛けている者もいるが、取り付く島もないという雰囲気《ふんいき》だ。一度目もそうだったから、今どんな風に声を掛けても無駄《むだ》だと知っている。だから私は彼らを窘めることではなく、彼らの婚約者のフォローを優先することにしていた。

ただ、怒りや疑問よりも悲しみや胸の痛みが上回っている婚約者の令嬢《れいじょう》たちと違って、ソフィア様はそんな状況《じょうきょう》が許せないという気持ちが勝《まさ》っていたらしい。特に彼女が恋い焦《こ》がれる相手であるジェイド殿下や、その殿下を諌《いさ》める立場であるはずのリューファス様に対する憤《いきどお》りが大きいらしく、彼らとソフィア様が衝突《しょうとつ》している姿を度々《たびたび》見かけるようになっていった。

本来、彼女は貴族としての在り方を大切にしていて、格式や矜持《きょうじ》を重んじている。そして、気が強く不器用な部分があり分かりにくい場合もあるが、基本的に正義感が強く誠実な性格なのである。

一度目の私に対して嫌《いや》みをぶつけ、侮蔑《ぶべつ》や嘲笑《ちょうしょう》を隠《かく》しもしなかったソフィア様だけれど、今思い返せば高位貴族の令嬢としては失格だった私への、抗議の攻撃《こうげき》だったように感じる。彼女の性質として周りを窘めているその姿は違和感《いわかん》がなく、同時に頼《たの》もしさも感じてしまっていた。

だから、それがまさかあんな事態に繋《つな》がるとは想像もしていなかった。私の考えが、甘かったのだ。

サマンサ様が大規模な魔力《まりょく》暴走を起こしたとの知らせが届いたのは、それから間もなくのことだった。

サマンサ様が学園の別棟《べつむね》内に作られた医療《いりょう》室に運び込まれたと聞いて、私はメイと急いで向かった。私たちが着くとちょうど王宮の回復魔法士とオリヴァー先生が出てきた。

回復魔法士は、先生に対し秘密の保持を宣言すると、すぐにその場を去っていった。回復魔法士には守秘義務があり、こうして魔力を以《もっ》て秘密保持を宣言すると、患者《かんじゃ》に不利益になる範囲《はんい》では治療《ちりょう》内容を話せないことになっている。

「先生！　サマンサ様はどうなったんですか⁉」

「サマンサさんは、まだ意識が戻《もど》っていません」

「そんな……怪我《けが》は⁉　怪我はしているんですか⁉」

詰《つ》め寄る様に問いかけるメイに、オリヴァー先生は目を逸《そ》らす。

嫌な予感がする。心臓がどくどくと大きな音を立て始めた。

「先生、教えてください。サマンサ様は大丈夫《だいじょうぶ》なんですか？」

私の震《ふる》える声に、オリヴァー先生は悲痛な顔を隠さなかった。

「サマンサさんは、右手から暴走した魔力を放出しました。魔力が枯渇《こかつ》するのがもう少し遅《おそ》ければそのまま暴走が収まらず、自分の魔力に呑《の》み込まれて命も危なかったでしょう。……意識は戻っていないものの、命に別状はありません」

「よかった……」

メイの安堵《あんど》にも、オリヴァー先生の顔は晴れない。

「ただ……彼女は魔力量が多く適性も強い。土と水の二属性でさらにその威力《いりょく》が増していました。容体は安定していますが……右腕《みぎうで》の肘《ひじ》から下が、欠損しています」

その言葉に、血の気が引いていく。

「他の生徒には黙《だま》っているように。回復魔法士にも口止めしています。私は欠損を修復できる光魔法の使い手を探しますが……どんなに強い使い手でも、限りなく望みは薄《うす》いです」

光魔法は万能《ばんのう》ではない。死んだ者を生き返らせることはできないし、なくなった体の一部を取り戻すことも、できないのだ。

でも……そしたらサマンサ様はどうなるの？

命に別状がないとはいえ、サマンサ様は貴族令嬢だ。未婚《みこん》の令嬢は、傷跡《きずあと》一つでも将来を左右する。それなのに、体の一部が欠損してしまった彼女の将来は？

頭が真っ白になっていく。

立ち去る際に、オリヴァー先生は私にだけ聞こえる声で言った。

「体の欠損を癒《いや》すことができるのは……おそらく聖女様だけでしょう」

はっとして振《ふ》り返る。

オリヴァー先生は意味ありげにこちらを一瞥《いちべつ》すると、立ち去って行った。

「そんなっ……サマンサ様っ」

メイの泣き声だけがその場に響《ひび》いている。

オリヴァー先生は最初の授業の時、『あらゆる国を旅していたことがある』と言っていた。色違《いろちが》いの魔法の秘密は知らなくても、あらゆる国に伝わる聖女のヒントを知っているのかもしれない。

だから、感づいているのかもしれない。去り際《ぎわ》の先生の目が、私に訴《うった》えかけているようだった。

『あなたなら、治せるのではないですか？』

私なら、治せるかもしれない。

私だけが、治せるかもしれない。

❋

サマンサ様の事故から二日経《た》ったけれど、他の生徒たちや教師にはまだサマンサ様の意識が戻っていないことや怪我の程度は知らされていないこともあり、私もメイもいつも通り授業を受けている。

「こんな時に気にするのもおかしいかもしれませんけど、私、許せません」

身体《からだ》を震わせながらメイが呟《つぶや》く。それはリューファス様のことだ。

容体は伏《ふ》せられているとはいえ、サマンサ様が事故に遭《あ》い、医療室で静養していることは当然耳に入っているはず。それなのに彼は、お見舞《みま》いどころかその様子を気にする素振《そぶ》りすらない。

デイジーの力の影響のせいかもしれない。とはいえ、頭で分かっていても感情は理屈《りくつ》ではない。モヤモヤと湧き上がる鉛《なまり》のように重い気持ちが抑《おさ》えられない。

そんな事情を知る由《よし》もないメイの怒りはさらに大きかった。デイジーに侍《はべ》り、能天気に甘い言葉を囁《ささや》くリューファス様に、堪《たま》らず抗議しに行こうとするメイを何度止めたことか。

リューファス様だけではない。同じようにデイジーの側《そば》を片時も離《はな》れないジェイド殿下の姿を、今は見るだけで許せない気持ちになる。

意外な人物が現れたのは、放課後になり、サマンサ様のお見舞いに行こうとしていた時だった。

「サマンサ・ドーゼス様の容体はどうですか……？」

ソフィア様は、こちらを窺《うかが》うように立っていた。

「ドーゼス様は魔力暴走を起こしてしまったと聞き及《およ》びました」

「サマンサ様のことを心配していらしてくれたんですか？」

そう聞く私に、彼女は憔悴した様子でぽつりと零《こぼ》した。

「彼女が魔力暴走を起こしてしまったのは、私のせいかもしれません」

「……どういうことですか？」

なぜソフィア様のせいでサマンサ様が魔力暴走を起こすことになるというのか。

「……あなた方は、ドーゼス様が事故に遭われた日の前日、今から三日前に学園で私や彼女と、リューファス・クライバー様の間で何があったか把握《はあく》してらっしゃいますか？」

「……いいえ」

その日、午後は私もメイもサマンサ様とは別の授業で別行動だった。三日前、またリューファス様と衝突してしまったのだろうか？

「あの日、放課後の食堂でいつものようにクライバー様はあの男爵令嬢《だんしやくれいじよう》と、婚約者《こんやく》のいる貴族令息にあるまじき距離《きより》で騒《さわ》いでいて……私はいつものように苦言を呈《てい》したのです」

それは最近よくある出来事ではあった。彼らの非常識をソフィア様が非難し、リューファス様や、他《ほか》のデイジーに侍っている令息たちが、屁理屈《へりくつ》に近いようなことをまくしたてるのだ。

「彼らがあまりにも意味の分からないことばかり言い連ねるので、私もつい頭に血が上ってしまって……デイジー・ナエラスに言ってしまったんです。『あなたのせいで彼らはおかしくなってしまった。あなたは貴族社会にあってはならない異物のようだわ』と」

息を呑む。似たセリフに覚えがある。あれは、例の小説のセリフだったはず。

そしてそこに、たまたまサマンサ様が通りかかったのだという。

「ドーゼス様は、私を止めました。自分の方が傷つき、憤《いきどお》っているはずなのに……『淑女《しゆくじよ》であるあなたが、そんなことを言ってはいけない』と」

胸が苦しくなる。サマンサ様は、どんな気持ちでソフィア様を窘《たしな》めたのだろう。どんな気持ちで、リューファス様に寄り添《そ》うデイジーを、庇《かば》ったのだろう。

「ですが、そんなドーゼス様に、クライバー様は吐《は》き捨てるように言ったのです。『お前だな』と、『お前がデイジーを泣かせている元凶《げんきょう》だな』と……っ」

声を詰まらせながら続けるソフィア様は、必死で泣くまいと堪《こら》えているようだった。

「そして、『お前のような女との婚約は破棄《はき》する』と、そう言いました」

「あぁっ……！」

私は、声を上げて叫《さけ》びだしてしまいたくなるのを堪えて、嗚咽《おえつ》を堪えきれなくなったメイの手を握《にぎ》った。サマンサ様は、どんな気持ちで、心配する私たちに「なんでもない」と微笑《ほほえ》んでいたのだろう。

ソフィア様は、サマンサ様が魔力《まりょく》暴走を起こすほど追い詰められてしまった原因は、自分にあると言って泣いていた。自分が不用意に口を出したりしなければと、震える声で繰《く》り返しながら。

「悪いのはソフィア様ではありません」

憤りを、もう隠《かく》せない。

一度目は、私を悪役に、忠実に小説をなぞる様に現実の時が過ぎた。二度目の今、繰り返している影響《えいきょう》か、全《すべ》てが歪《ゆが》んで現実に影響を及ぼしているように思う。

私に与《あた》えられていたはずの悪役の役目が、今回はソフィア様とサマンサ様に押し付けられた形だ。

こんなことがまだ続くの？　いつだって、私は後手に回っている。だけど先回りして解決するには、デイジーが聖女の力を使っている証拠《しょうこ》がない。

聖女の力を使っている証明ができない限り、現実として、裁きを受けるような罪があるわけではないのだ。

デイジーを、止められない。

それでも、私は覚悟《かくご》を決めていた。いや、覚悟を決めるのが遅《おそ》すぎたのだ。

「メイ、私の話を聞いてもらえる？」

なんとか落ち着いたソフィア様を先に帰し、二人きりになった応接室で私は言った。

「大事な話を、聞いてほしいの。サマンサ様と一緒《いっしょ》に……とても大事な話を」

私は大事な二人を巻き込んでしまうことを恐《おそ》れていたけれど、結局サマンサ様は巻き込まれてしまった。巻き込むことが回避《かいひ》できないのなら、私が私の大事な人を守るしかない。

私の中の青い炎《ほのお》が、一段と大きく燃え上がるのを感じた。

メイと連れ立ってサマンサ様のいる医療《いりょう》室に戻《もど》り、私はもう一度、より強く後悔《こうかい》することになった。ついさっきまで意識が戻っていなかったはずのサマンサ様は、目をさまし、静かに天井《てんじょう》を見つめていた。

じっと、涙《なみだ》を流しながら。

「サマンサ様っ！」

駆《か》け寄るメイに、私たちを安心させようとしたのか、サマンサ様が緩《ゆる》く微笑む。

「迷惑《めいわく》をかけて、ごめんなさい。皆《みな》と一緒にこれだけ学んできているのに、今更《いまさら》魔力暴走なんてさせてしまって恥《は》ずかしいわ」

「サマンサ様……」

「本当に、情けないわよね。せめて授業中じゃなくてよかったわ。誰《だれ》かを巻き込むこともなかったし、先生に責任が及ぶこともなかったもの。こうして元気でいるわけだし……右《みぎ》腕《うで》だけで済んで、本当に良かった！」

サマンサ様は、笑顔《えがお》のまま明るくそう言おうとして……失敗した。

笑おうとした表情のまま顔が歪み、堪えきれなかった涙がぽろりと零《こぼ》れる。

「あれ、ごめんなさい、なんでだろう、全然大丈夫《だいじょうぶ》なのよ……全然、大丈夫なのにっ……」

「サマンサ様」

ベッドの上でとめどなく涙を流すサマンサ様の側に寄り添う。手を伸《の》ばし、彼女の右肩《みぎかた》に手を置くと彼女はびくりとその体を揺《ゆ》らした。

肘《ひじ》から先がない、その右腕。欠損部自体は治癒魔法《ちゆまほう》で処置されているらしく、巻かれている包帯の状態も清潔だ。おそらくこの包帯は、サマンサ様の心を慮《おもんぱか》って、ただその先がなくなった腕を隠しているだけのものだろう。

私は、サマンサ様の目をじっと見つめた。

「サマンサ様、想像してみてください」

「え？」

「サマンサ様は学園を卒業後、きっと幸せな結婚《けっこん》をして、たくさん子どもを授《さず》かります。男の子がいいですか？　女の子がいいですか？　……でもサマンサ様は魔法の才能も有るので、魔法師団に入って活躍《かつやく》するのもいいかもしれません。結婚はいつだってできます」

「エリアナ様……？」

「結婚でも、仕事でも、サマンサ様は好きに生きられます。何か趣味《しゅみ》を見つけてもいいですね。絵なんてどうですか？　サマンサ様は手先も器用だし、センスもいいですから」

手先、というワードに反応し、もう一度その体が揺れた。

「サマンサ様は、なんでも手に入れられます。何が欲しいですか？　なんでもいいんです。あなたは、その両手にいくらでも幸せを抱《かか》えていける」

「エリアナ様、何を……私の右手は、もう、もう、戻っては来ないのに」

意味が分からないという顔で声を震《ふる》わせるサマンサ様。

ごめんなさい。たくさん辛《つら》い思いをさせてしまって、ごめんなさい。

「いいえ、戻ります。あなたは何も変わらない。あなたの幸せに影《かげ》を落とすものは、私が全て取り払《はら》ってみせる。あなたの全ては私が守ります。心も、命も、……未来も」

ごめんなさい。ごめんなさい、サマンサ様。私がもっと強ければ、もっと早く覚悟ができていれば、あなたをこんなにも傷つけ、悲しませることなんてなかったはずなのに。

私は弱くて情けなくて、いつも、遅すぎる。

巻き込むのが怖《こわ》いから、動かなかったのも本当だけど、それ以上に、守る自信がなかったからだ。守る覚悟が、できなかったからだ。

「エリアナ様……？」

どこか不安そうなメイに、微笑みかける。

「もちろん、メイのことも私が守るわ」

巻き込んで、ごめんなさい。

カイゼルがいつだったか言っていた。デイジーの一番の目的はジェイド殿下《でんか》だったと思うと。ならば本当は、傷つき不幸になるのは私だけでよかったはず。一度目の時のように。

だけど……。

「どうか、私を信じてください。そして、出来れば……これからも二人に、私を助けてほしい。私は、弱い人間だから」

返事を待たずに、サマンサ様の右腕に手を添え、目を閉じて意識を集中させていく。

うまくいく保証はない。大きな力を使うのに、失敗は許されない。初めてのことで、正直怖い。それでも私は決めていた。絶対に治してみせる。

きっとこれからも、弱い私は一人では頑張《がんば》れない。一人では何にも立ち向かえない。

大事な人が増えてしまったから。自分の弱さを知ってしまったから。

だけど同時に、誰かの為《ため》ならこんな自分でも頑張れると、そう知ることも出来た。

集中力が高まったところで、感覚と視覚の両方でイメージする。聖女の魔法はイメージが大事。私の青い炎が、サマンサ様の右腕の部分をかたどる様に覆《おお》い隠していく。

「綺麗《きれい》……」

思わず零れたメイの呟《つぶや》きを聞きながら、さらに込める魔力を強くしていく。腕だけじゃなく、サマンサ様の心まで癒《い》えますように。その右手がこれからも、たくさんの幸せを掴《つか》めますように……。

「嘘《うそ》でしょう……？」

サマンサ様のそんな声を聞きながら、さらに強く癒《いや》しのイメージを加える。

──そうして私が青い炎を収める頃《ころ》には、サマンサ様の右腕はすっかり元通りになっていた。

「こんな、ことって……」

「右手は問題なく動きますか？　違和感《いわかん》などもないですか？」

「はい……」

私が治癒《ちゆ》のためにかざしていた手を離《はな》すと、サマンサ様は右手を握ったり開いたりしながらじっと見つめていた。

「す、すごい……腕が戻った……腕が元に戻りました！」

メイはその右腕に飛びつくように縋《すが》りついて、そのまま声を上げて号泣《ごうきゅう》した。

サマンサ様は、しばらく呆然《ぼうぜん》としていた。

我に返ったサマンサ様は何度も頭を下げ、声を詰《つ》まらせながらお礼の言葉を呟き続けていた。

サマンサ様が落ち着いた頃、私は切り出した。

「二人に、大事な話を聞いてほしいの」

私は少し緊張《きんちょう》していた。二人がどう思うか、分からない。

だけど私は、大事な二人に一度目のことも含《ふく》めて本当のことを全《すべ》て伝えたい。

そうして私は、一度目のこと、自分が聖女だということ、デイジーの力の話、作られた聖女の話、リューファス様もきっと操《あやつ》られていると思うこと、これからのこと、思いつく限りの全てを話した。

「なんてことなの……」

全てを聞き終え、サマンサ様の顔が歪《ゆが》む。

苦しそうに、憤《いきどお》っているようにも見える。ああ、そうよね、怒《おこ》って当然だわ……。

「サマンサ様、ごめんなさい。私がもっと早く二人に打ち明けていれば、リューファス様の態度が心からのものじゃないのだと話していれば、あなたにそんなに辛い思いをさせることも、ましてや腕を失《な》くすなんて辛い経験をさせることもなかったのに……」

サマンサ様をここまで巻き込んでしまったのは私のせいだ。

「そんなことどうだっていいのです！」

「え？」

サマンサ様はベッドの側《そば》に腰掛《こしか》けた私を、体を伸ばしてぎゅっと抱《だ》きしめた。

「サ、サマンサ様？」

「エリアナ様！　……辛い思いをたくさんしたのですね……ずっと頑張っていたのですね……エリアナ様をこんなに苦しめるなんて……許せません」

その言葉を聞いた瞬間《しゅんかん》、胸が詰まったように苦しくなる。一瞬で涙《なみだ》が込み上げた。

サマンサ様の腕に抱かれたまま涙を零す私を、その腕の上からさらにメイが抱きしめる。

メイは私以上に泣いていた。

「エリアナ様……良かった……良かった！　エリアナ様が戻《もど》ってきてくれて……私の知らないところで、知らないうちに、いなくなってしまわないで……」

「本当に！　エリアナ様が私たちと出会ってくれて本当に良かったです！　戻ってきてくれて……ありがとう」

二人の腕《うで》の温《ぬく》もりと、心が温かくて堪《たま》らない。

「二人とも……ありがとう」

しばらく涙は止まらなかった。

「サマンサ様、本当に辛《つら》い思いをさせてしまってごめんなさい」

涙がやっと止まった頃、改めてそうサマンサ様に頭を下げる。

「エリアナ様！　止《や》めてください！　エリアナ様が悪いわけじゃありません。それに……エリアナ様に治癒してもらった後から、妙《みょう》にすっきりしているんです」

「すっきり、ですか？」

「はい。エリアナ様が言ってくださったでしょう？　私はこの両手でどんな幸せでも手に入れられると。それを考えるとわくわくする自分もいて……リューファス様に婚約《こんやく》を破棄《はき》すると言われて、世界が終わったような気分でした。でも、そうじゃないって気付けたんです」

サマンサ様は恥《は》ずかしそうに笑った。

「リューファス様が心を操られているとして、もしも正気に戻ったときどうなるかは分かりませんが……私は何でも自分の手で選び取れるんだと思うと不安はありません」

ああ、この人はなんて強くて優《やさ》しい人だろう。

「エリアナ様……これからは私も協力します。私は二属性持ちで、魔力《まりょく》暴走で腕をなくすほど魔力は強い、とオリヴァー先生のお墨《すみ》付きです！」

サマンサ様は冗談《じょうだん》めかしてそう言うと笑った。

「私も！　もちろん私もお手伝いさせてください！　私の反魔法もきっとお役に立てると思います！」

私の左手をサマンサ様が、右手をメイが握《にぎ》る。やっぱり、二人に話してよかった。

二人と出会えて……友達になれて、本当に良かった。


「お兄様……」

「お帰り、エリアナ。今日は遅《おそ》かったね」

労《いた》わるようなその声についに堪《こら》えきれなくなって、私はお兄様に抱き着いて泣いた。

それから私が落ち着くまで待って、お兄様は私の話を聞いてくれた。サマンサ様が魔力暴走を起こしてしまったことは知っていたので、随分《ずいぶん》心配も掛《か》けてしまっていたらしい。

私はお兄様に二人と話したことを報告した。

「そう……良かったね、エリアナ。お前がいい友達に恵《めぐ》まれて私も嬉《うれ》しい」

「お兄様も、いつも味方でいてくれてありがとう」

お兄様はいつだって私の絶対的な味方でいてくれる。お兄様の妹で、私は幸せだ。

「テオドールも随分心配していたから、次に会った時にエリアナからも話してあげて」

「テオドール殿下《でんか》が？」

「ああ。今日、伝言を頼《たの》まれたよ。……『何があっても君を守るから、安心してやりたいようにやってほしい』だってさ。……あいつ、かっこつけてるよな？」

拗《す》ねたような顔をするお兄様がおかしくて、思わず笑ってしまう。

テオドール殿下は今何やら忙《いそが》しいらしく、そうでなければリンスタード邸《てい》まで来てくれようとしていたらしい。私の友人であるサマンサ様が大変な目にあったということは耳に入っていたらしく、彼女と、そして私の心を心配してくださっていたのだ。

一度目は、誰《だれ》かに助けを求めることも、誰かと一緒《いっしょ》に戦うことも、考えもしなかった。お兄様にすら何も話せていなかった私は誰のことも信用できなくなっていたのだと思う。

全て知った上で誰かが味方でいてくれることが、どれだけ心強いか。

心から信用し、心を預け合える相手がいることが、どれだけ温かいか。

時間が巻き戻ってやり直す中で、何度思ったことだろう。

私は本当に幸せ者だ。

だからこれからは絶対に、私が大事な皆《みな》を守ってみせる。そう、覚悟《かくご》を決めた。

私は……聖女なのだから。

サマンサ様は念のためにとさらに三日間程《ほど》静養して学園に戻った。

ちなみにその間にオリヴァー先生がお見舞《みま》いに来たらしい。サマンサ様の元に戻った右腕を見て、一言「良かったですね」とだけ言っていたのだとか。

その後先生は私と学園で顔を合わせても何も言わなかった。きっと、オリヴァー先生からの『何も問わない』という意思表示なのだろうと思う。

……オリヴァー先生もなかなか得体が知れない人よね。

サマンサ様とメイと食堂で昼食を摂《と》っていると、緊張《きんちょう》した面持《おもも》ちのソフィア様が近づいてきた。

「ドーゼス様……クライバー様とのこと、私が出すぎた真似《まね》をしたせいで大変なことになってしまい申し訳ありませんでした」

そう言うと彼女は深く頭を下げた。揃《そろ》えた手をぎゅっと握り、少し震《ふる》えている。

そんなソフィア様の姿に、サマンサ様が慌《あわ》てて声を掛けた。

「ラグリズ様、顔を上げてくださいませ。あなた様のせいだなんて……そんなこと何もありませんわ。それに、ラグリズ様には感謝しているんです」

「え……？」

「私、リューファス様のことで……傷ついて萎縮《いしゅく》するばかりで、窘《たしな》めることもろくにできませんでした。ですが、ラグリズ様が私の分まであの方を窘め、怒《おこ》ってくださって……嬉しかったんです。だから、ありがとうございます」

ソフィア様は目を見開いた後、瞳《ひとみ》を潤《うる》ませて、もう一度頭を下げてその場を後にした。

サマンサ様によると、静養中にも彼女から花やお菓子《かし》などのお見舞いの品が届けられたらしい。

そんな話を聞いていると、食堂の入り口辺りがにわかに騒《ざわ》めくのを感じた。

何かしらと視線をやると、その中心にいたのはお兄様と、……テオドール殿下。

「エリアナ！　ここにいたんだね、会えて嬉しいよ」

「お兄様？　テオドール殿下も……ごきげんよう。どうして食堂に？　いつもいらっしゃらないでしょう？」

二人はいつもテオドール殿下に用意された王族用の専用サロンで昼を過ごしているはずだ。殿下たちにはそれぞれ別にサロンが準備されていて、テオドール殿下とは棟《とう》も違《ちが》うため昼に会うことは今までなかった。

私が不思議に思っているのを察したお兄様がそっと近寄り、耳元に顔を寄せた。

「テオドールがエリアナの様子を気にするから、お前を捜《さが》して会いに来たんだよ。エリアナはもう大丈夫《だいじょうぶ》だって私が言っても納得《なっとく》しなくてね」

「まあ」

私の様子を見る為《ため》だけに、いつも来ることのない食堂にわざわざ？　ちらりと窺《うかが》った先にいる、何食わぬ様子ですました顔をしているテオドール殿下がなんだかくすぐったい。

「君たちがエリアナの友達かな？」

お兄様が私から離《はな》れ、ぽかんと様子を見ていたメイとサマンサ様に笑顔《えがお》を向ける。

「申し遅《おく》れました、サマンサ・ドーゼスと申します」

「あっ、あのっ私はメイと申しますっ！」

「私はランスロット・リンスタード。エリアナの兄だよ。君たちのことはいつもエリアナから聞いているよ。この子と仲良くなってくれてありがとう」

「お兄様ったら……」

なんだか少し照れくさくて口を尖《とが》らせて軽く抗議《こうぎ》する。そんな私の様子に皆が揶揄《からか》うように少し笑った。目が合ったテオドール殿下まで笑っている。

「今度、良かったらうちにも是非《ぜひ》遊びにおいで」

お兄様が誘《さそ》うと、二人も嬉しそうに返事をする。

そんな様子を微笑《ほほえ》ましく見つめていると、テオドール殿下がさりげなく私の側《そば》に来た。

「エリアナ嬢《じょう》、元気そうで良かった。君も、彼女もね」

彼の視線の先には笑顔のサマンサ様がいる。

「はい、心配してくださりありがとうございます。……頼もしくて、信頼《しんらい》できる友人です」

「そのようだね。彼女たちと一緒にいる時の君の表情を見ていれば分かるよ」

殿下はそう言ってにこりと笑った。

「全《すべ》て話したことも聞いたよ。近いうちに、彼女たちも交えて今後の話が出来たらと思っているから、そのつもりでいてほしい」

「分かりました。ありがとうございます」

そんな風に和《なご》やかに時間が過ぎていた、その時だった。

「私たち、いつもジェイド様のサロンだから、たまには食堂でお昼を食べるのも新鮮《しんせん》で楽しいですよお！」

きゃはは と楽しそうな笑い声が耳に届く。仮にも貴族令嬢らしからぬ大きな声だ。

食堂に入ってきたのはデイジーと、彼女を取り巻くように囲むジェイド殿下やリューファス様たちだった。その後ろに一歩遅れて付いてきたカイゼルと目が合うと、げんなりとした顔をしてみせた。……大変そうね。

ちなみにカイゼルはずっとジェイド殿下たちの側にいるけれど、一度目のようにデイジーに惑《まど》わされることはないらしい。その上で、デイジーの動向を注視してくれている。

夏休みが終わってからはずっと、デイジーを交えたこの集団はずっとジェイド殿下のサロンで過ごしていたはずなのに、どうして今になって食堂を使おうだなんて思ったのか。来るはずがないと思っていたからこそ、いつもメイとサマンサ様とここで過ごしていたのに、少し油断し過ぎたわね……。

とは言え、今はお兄様やテオドール殿下《でんか》もこの場にいるのだから、きっと大丈夫だろう。

そんな風に思っていると、予想外の方向から攻撃《こうげき》はやってきた。

「エリアナ、最近デイジーが酷《ひど》い嫌《いや》がらせを受けている。まさかとは思うが君の仕業《しわざ》じゃないだろうな？」

先頭を切って厳しい声を浴びせかけてきたのは、まさかのジェイド殿下だった。

その剣幕《けんまく》に、思わずちょっと驚《おどろ》いてしまう。

ジェイド殿下はこれまではどちらかというと、サマンサ様を攻撃しようとするリューファス様や、こちらをまとめて悪者と糾弾《きゅうだん》しようとする他《ほか》の子息たちを宥《なだ》めていたのだけれど。

「ちょっと、ジェイド様ぁ、そんな怖《こわ》い顔しないで？　向こうに行きましょう？」

デイジーの力の影響《えいきょう》が強まった結果、彼女の希望通りに人のいる前で私を貶《おとし》めようとしているのかと思ったが、不思議なことに当のデイジーがジェイド殿下の態度に焦《あせ》った様子を見せ止めようとしていた。

「デイジー、君は黙《だま》っていて」

「……っ！」

おまけにジェイド殿下はデイジーにまで冷たい目と厳しい声を向ける。そのことに、リューファス様たちですら驚いたような顔をしている。

「エリアナ、君は私の婚約者《こんやく》なのだから、立場をわきまえた行動をするんだ」

暗に嫌がらせを止《や》めろと言っているのだと思うけど、残念ながら一度目と同様身に覚えはない。どう返したものかと思っていると、私を庇《かば》うようにテオドール殿下が進み出た。

「随分《ずいぶん》な言い方じゃないかジェイド。お前こそ、婚約者にその態度はどうなんだい？」

「兄上は口を出さないでくれ！　それに兄上がそうやって甘やかすから彼女がつけあがるんだ」

驚くことに、ジェイド殿下は穏《おだ》やかに諭《さと》そうとしたテオドール殿下にまで噛《か》みつくように声を荒《あら》らげた。あまりにもピリピリとした空気に、カイゼルが慌ててジェイド殿下を遮《さえぎ》るように前に出る。

「ほら、ジェイド殿下、デイジーが怖がっています。やはり食堂で昼食を摂るのはまた今度にして、今日はサロンに戻《もど》りましょう」

「だが」

「ね、もう行きましょう。早くしないと午後の授業に間に合わなくなりますし」

半ば強引《ごういん》に促《うなが》すカイゼルの言葉に、ジェイド殿下はいかにも不満そうな顔をしていたが、デイジーがジェイド殿下の腕《うで》に絡《から》みついてぐいぐいと引っ張って行った。

彼らがいなくなった後の食堂には、何とも言えない空気が広がっていた。

＊

食堂での一件からあっという間に数週間が経《た》ち、今日は約束した通りメイとサマンサ様がリンスタード邸《てい》に来てくれる日だ。だけど今日はこれからのことを相談するという目的も兼《か》ねている。

ちなみにジェイド殿下は食堂での一件以来、私を完全に無視するようになった。手紙を送っても、声を掛《か》けても、なんのリアクションもない。

そして、私が接触《せっしょく》しようとすると不安定な様子を見せるのだ。

いつだって落ち着いて穏やかだった殿下が、私が近づくとあからさまに不機嫌《ふきげん》な様子になったり、周りに対してイライラと声を上げる姿を見せるようになった。

結局、ジェイド殿下を刺激《しげき》しないために、最近の私はあまりジェイド殿下に近づかないようにしている。

「エリアナお嬢様、御友人《ごゆうじん》がいらっしゃいました」

「ありがとう、リッカ。すぐに行くから、客間にお通しして」

メイとサマンサ様は共にやってきた。

二人に続いて、お兄様に伴《ともな》われたテオドール殿下も、そのすぐ後にカイゼルも到着《とうちゃく》した。

全員分のお茶とお菓子《かし》の準備が済み、リッカや他の侍女《じじょ》、殿下の護衛の方々には席を外してもらう。これでここには今、事情を全て共有している人間だけになった。

「テオドール殿下並びに皆様《みなさま》、今日は時間を作っていただきありがとうございます。皆様にはこれからも……私を助けてほしい」

皆の顔を見ながらそう言うと、全員が微笑み、頷《うなず》き返してくれる。飾《かざ》った言葉はいらない。ここには今、私が心から信用している人たちしかいないから。

今日は改めて情報の共有をし、これからどう動いていくかの方針を決める。

「私の方で調べていた聖女の力の込められた王家の至宝だが、今王家が管理している宝物《ほうもつ》で行方《ゆくえ》が分からなくなっている物はなかった。カイゼル、一度目の時にジェイドがナエラス嬢に何か王家の宝物を贈《おく》っていなかったか分からないか？」

「それが……正直、当時はかなりの数の金品を何人もの子息が彼女に贈っていて、その中に宝物があったのかどうか……僕には判断がつきません」

それはそうだと思う。彼女は見る度《たび》に違《ちが》うアクセサリーを身に着け、特にパーティーの時は全身殿下の贈り物だったように思う。あの中に宝物がいくつ紛《まぎ》れていたのか……。

「あの、殿下。どうにか私やカイゼルが直接宝物を確認《かくにん》することは叶《かな》いませんか？」

「そうだな……彼女がジェイドに近づいたのは私やランスロットが卒業した後だから、私が見てもどれが彼女に贈られたものだったか判断はつかない。どうにか機会を作ろう」

　私やカイゼルが直接確認することで分かることもあるかもしれない。

「大魔女《だいまじょ》の封印地《ふういんち》については魔物の発生状況《じょうきょう》などを踏《ふ》まえて調べているが、これもまだなんとも……やはりまずはミシェル夫人が言っていた辺境の古神殿《しんでん》へ行ってみないことには全てにおいて手掛《てが》かりが少なすぎるな」

　お兄様がそう言いながら殿下と目を見合わせる。

「あの、私やメイもその辺境には同行させてもらえるのでしょうか？」

　おずおずとサマンサ様が手を挙げた。

「エリアナのためにも、そうしてもらえると助かるが……危険がないとは言えない」

「私もカイゼル様には劣《おと》りますが、二属性持ちとして魔法を磨《みが》いていますし、メイは反魔法適性者です。足を引っ張ることはないとお約束します」

「私も二人を守ります。二人は本当に魔法に長《た》けているので、むしろ私一人よりも安全になるかと。古神殿の場所はタダナ地方でしたか？」

　その時、今までずっと黙っていたメイが勢いよく身を乗り出した。

「タダナ地方ですか⁉　私、タダナの出身なんです！」

　メイの故郷は、タダナ地方のクルサナ村という場所らしい。話を聞いてみると、目的地である例の古神殿にも行ったことがあるのだと言う。

件《くだん》の神殿はタダナの中心部から少し離《はな》れたリタフールという街にあり、クルサナ村からは馬車で数十分しか離れていないのだとか。メイはリタフールの神官様のこともよく知っていた。その神官様こそミシェル夫人に神殿の秘匿《ひとく》を教えた人物だ。

色々話した結果、私とサマンサ様はメイの里帰りに友人として同行し、テオドール殿下とお兄様、カイゼルはタダナ辺境伯領地に公務として視察に行くという名目で冬休みに向かうことに決定した。

そして、その後合流し全員でリタフールの神殿に行く。

それまでは引き続き、テオドール殿下やお兄様は王家の至宝と大魔女の封印地について調べ、カイゼルはデイジーたちの側《そば》につき、私たちはもしもの時のために戦う力を磨いておくことが最優先になる。


その夜、またいつものように夢を見た。今日の夢の私は、また小さな子どもだ。

どこかの茂《しげ》みの奥にある、池のほとりを見つめて立っていた。

そこには私の他にもう一人の子どもがうずくまっている。

(泣いているのかな?)

小さな私はその子の後ろ姿にゆっくり近づく。

背格好で自分と同じくらいの子どもだということは分かるけれど、その子は頭からすっぽりとローブのようなものを被《かぶ》っていて、夢を見ている今の私からは男の子か女の子か、髪《かみ》の毛が何色かも分からない。

「どうしたの？　泣いてるの？」

私の声に反応するように、小刻みに震《ふる》えていた肩《かた》が一度大きくびくりと揺《ゆ》れた。振《ふ》り向いたその子の顔は、いつかの夢のようにモヤがかかったようにこちらからでは見えない。

小さな私はその子ににっこりと笑いかけると、隣《となり》に座りこんだ。

「一人なの？　何か悲しいことがあったの？」

隣のその子の顔を覗《のぞ》き込むように首を傾《かし》げる私。

どうやら、ここからは私の声だけしか聞こえず、その子と私は何事か会話しているらしい。

「そうなんだね……それじゃ寂《さみ》しくて当たり前だよ」

うんうんと訳知り顔で頷きながらそんなことを言う。

「そんなことない！」

驚《おどろ》くような顔をした後、むっと怒《おこ》った顔で声を荒《あら》らげて立ち上がった。そのまま私は勢いよく、覆《おお》いかぶさるようにその子を抱《だ》きしめた。

「大丈夫《だいじょうぶ》、大丈夫。あなたを嫌《きら》いなわけないよ！」

背中をぽんぽんとリズムよく叩《たた》きながら、打って変わって優《やさ》しい声色《こわいろ》を出す私。

「え？　私？　もちろん！　そんなの当たり前だよ！」

腕の中のその子の顔を覗き込むように満面の笑《え》みで答えると、その子の肩がふるりと震えた。次の瞬間《しゅんかん》。

「うっうぅぅ……うわぁあ――――――ん！」

抱きしめる私の腕に縋《すが》りつくように飛びつくのが見えたと思ったら、大きな泣き声が響《ひび》いた。さっきまで声なんて少しも聞こえなかったのに。

突然《とつぜん》耳に届くようになったその泣き声に驚きながらそんなことを考えていた。

子ども特有の甲高《かんだか》い声は、やっぱり男の子か女の子かよく分からなかった。


目が覚めて、いつものように夢の内容について考えてみる。

夢に見るまですっかり忘れていた。記憶《きおく》の片隅《かたすみ》にも残っていなかった記憶は、けれども確かに幼い頃《ころ》の思い出の一つだと思い出していた。

それなのに、夢でモヤがかかって顔の見えなかったあの子が男の子だったのか女の子だったのかすら、少しも記憶にないのだ。

どうして忘れてしまったんだろう？

どうして誰《だれ》だったか、どんな子だったか全く思い出せないんだろう？

夢のあの子の顔と同じように、記憶にモヤがかかって隠《かく》されているような気分だった。

＊

私が近づくと不安定な様子を見せ、接触《せっしょく》を試みてもその一切《いっさい》を無視するようになっていたジェイド殿下《でんか》の様子が、最近になってまた変化を見せ始めている。

「こそこそと人の尊厳を踏みにじるような真似《まね》をしておいて、自分は優雅《ゆうが》にお茶か？　いい気なものだな」

侮蔑《ぶべつ》のこもった言い方、冷ややかな声色、憎々《にくにく》しさを隠しもしない視線。

その日は学園の食堂だった。昼食を終え、メイとサマンサ様とゆっくりお茶を楽しみながら過ごしていたところに殿下がやって来たのだ。

いつも隣に寄り添《そ》っていたはずのデイジーも連れずに、一人で。

座っている私に向けて威圧的《いあつ》に立ち、こちらを睨《にら》みつけるジェイド殿下。

もちろん食堂には私たち以外にも何人もの生徒がいるわけで。不安そうにこちらを見る者、あからさまに好奇《こうき》の視線を向けてくる者、隠しもせず嘲笑《ちょうしょう》を浮《う》かべている者。反応は様々だが、そんな生徒たちの中の半数以上が私に対して侮蔑の感情を抱《いだ》いているのが分かる。

最近のジェイド殿下は、こうして積極的に私を罵《ののし》りに現れるのだ。

どこにいても、どんなに避《さ》けようとしても、一日に一度はこうして捕《つか》まってしまう。

まるでそうするために私を捜《さが》しているかのようだった。

「なんとか言ったらどうだ？　本当に性根《しょうね》の腐《くさ》った女だな！　デイジーとは大違《おおちが》いだ」

一度目に何度も向けられ、もはや見慣れてしまっていた憎《にく》しみのこもった目。

その厳しい視線の向こう側に、今はもう見られない思い出の中の優しい視線が頭の中で重なる。そしてその度《たび》に、世界から空気が徐々《じょじょ》になくなっていくような感覚に陥《おちい》っていく。

「ジェイド様、お言葉ですがどうか場所を選んでくださいませ。あなた様のお立場にも関《かか》わります」

毎回そうだが、ジェイド殿下の言葉にどう返すべきか迷ってしまう。

彼はいつでもデイジーを引き合いに出して私を責め、罵るけれど、具体的な内容を叫《さけ》ぶことはないのだ。一度目の断罪の時のようにありもしない罪でも挙げ連ねてくれた方がまだ「事実ではない」と反論できるのに。

「そんな風に話をすり替《か》えて、反省する気もないのだな」

「では聞きますが、ジェイド様は私に一体何を反省せよとおっしゃっているのですか？」

「その耳障《みみざわ》りな声で私の名を呼ぶな！」

一際《ひときわ》大きな声に、ひゅっと自分の喉《のど》が音を吸い込むのを他人事《ひとごと》のように感じた。

『殿下などと。いつものようにジェイドと呼んでくれ』

『今後は名で呼ぶのは控《ひか》えてくれ』

繰《く》り返しの最初に困ったような笑顔で言われた言葉と、一度目の途中《とちゅう》で今よりは幾分《いくぶん》かましな冷たい表情で言われた言葉が同時にフラッシュバックする。

「……申し訳ございません」

私が頭を下げると、周囲にいる生徒の中から、微《かす》かに嘲笑が漏《も》れ聞こえる。

ジェイド殿下の要領を得ない罵倒《ばとう》に、サマンサ様や私の味方でいてくれる人は困惑《こんわく》する。

何を言っているのか、何に対して責め立てているのか分からないから。

しかし、これをまるで喜劇のように楽しんでいる者たちからすれば、その内容などどうでもいいのだ。殿下が責め立て、私が責められる。その時点で私が悪者であり、嗤《わら》っても良い存在になる。それが全《すべ》て。今日のように流れがどうであれ私が謝罪する形になれば、彼ら彼女らにとってはただ悪役が成敗される気持ちのいい展開の出来上がり。

それが楽しくて、面白《おもしろ》くて仕方がないのである。

ジェイド殿下を中心に、私の周囲には歪《ゆが》んだ悪意が漂《ただよ》っていた。

「いつもうまく助けることが出来ずに申し訳ありません……」

食堂をやっと離《はな》れた後、サマンサ様がそう言って項垂《うなだ》れる。

「とんでもないわ！　側にいてくれるだけでどれだけ心強いか」

それは本心だった。一度目の私はたった一人で耐《た》えるしかなかったから……。

幸いなのは、殿下は決して側に寄り添う私の味方にまで矛先《ほこさき》を向けないことだけ。

異常でしかない現状も、なぜか許容される雰囲気《ふんいき》になる。誰もおかしいと思わない。

一度目をなぞるような展開に、ぞわりと肌《はだ》が粟立《あわだ》つ。

近づいて、きている。

それにしても、一度目の今頃はまだ何の問題もなくデイジーの存在も他《ほか》の生徒たちの中に埋《う》もれるばかりだった。全ての展開が早まっている。

私が力に覚醒《かくせい》した状態で巻き戻《もど》ったように、デイジーの光属性適性の覚醒が早かったように、一度目の歪んだ現実の因果が「今」に持ち越《こ》されているのかもしれない。

完全に一からやり直しているわけではないのだ。

それでは……このまま本来歪みが始まるはずのタイミングである二年生の始まりの時期になったとき、どうなるのだろうか？　どこまで事態は進むのだろうか？

その時期こそが、私たちが事態を解決するための一つのタイムリミットでもあるような気がした。

授業を受けながら、私は考えていた。

自分さえもっと力をつければ、デイジーの力の影響《えいきょう》を解くことができる。そう思ったら、これまでパズルのピースのようなヒントが見つかるばかりで何も解決する方法が見えなかった中に少しだけ希望が見えて、少し他のことも考える余裕《よゆう》ができたのだ。

デイジーの力の影響を受けている人と、影響を受けずに済んでいる人では何が違うのだろうか？

私と同じクラスの生徒は……誰一人影響を受けていないようなのだ。

授業が終わり、疑問に思っていたことをメイとサマンサ様にも伝える。

「魔法基礎《まほうきそ》の皆《みな》は誰もデイジーの力の影響を受けていないようだわ。影響を受ける人と受けない人の差はなんだと思う？」

一度目の時は、学園のおそらく全員が影響を受けていたのではないかと思う。学園以外でも、少なくとも神殿《しんでん》の者、王宮の者はデイジーの力に支配されていたはずだ。

それが今回はこうして影響が出ていない人が多く存在している。一度目を繰り返している歪みがあるにしても、何か明確な差があるのではないだろうかと思うのだけど……。

「まず、デイジー・ナエラスとの物理的な距離《きょり》かしら？」

サマンサ様が頬《ほお》に手を添えながら唸《うな》る。

「それは一つありそうですね。でも、カイゼル様のようにすぐ近くにいても大丈夫《だいじょうぶ》な人もいますよね？」

メイの言葉にふと思い至る。

「そういえばカイゼルは、巻き戻る際に私の魔力を浴びたから正気に戻ったのだと言っていたわ」

「では、エリアナ様の魔力を受けたことがある者はデイジーの力では操《あやつ》れない？」

サマンサ様の言う通りならば、同じクラスの生徒たちが全員影響を受けていないのも説明がつく。だけど……。

「それだとジェイド殿下《でんか》が影響下にあることに説明がつかないのよね……」

婚約《こんやく》してすぐの頃、剣術《けんじゅつ》の訓練を始めたばかりの殿下のちょっとした怪我《けが》を治癒《ちゆ》したことがある。私の基礎魔力でも治せる程度で、婚約者の戯《たわむ》れとしての治癒だった。

カイゼルの無事を思えば、たとえジェイド殿下が一番近くで誰よりも強くデイジーの力を受けていると考えても、さすがに辻褄《つじつま》が合わないように思う。

「うーん、後は何が考えられますかね……？」

メイが首を傾《かし》げる。

私たちは話を続けながら次の授業のために教室を出た。

❉

その日、テオドール殿下から王家の宝物庫へ入る準備が整ったとの知らせを受けて、私はお兄様やカイゼルと一緒《いっしょ》に王宮へ向かった。

これから宝物庫へ入ることは、誰《だれ》にもバレてはいけない内密の行動だ。

宝物庫は王宮の中でも端《はし》の方に位置しているらしい。他の場所より少しだけ狭《せま》く薄暗《うすぐら》い廊下《ろうか》を進んでいくと、何重にも施錠《せじょう》された扉《とびら》が現れた。

テオドール殿下がその鍵《かぎ》を素早《すばや》く開けていき、扉を開ける。

宝物庫の中は、圧巻の一言だった。

広い室内に整然とたくさんの宝物《ほうもつ》が並ぶ。

殿下でさえも簡単には入れないと言っていたから、恐《おそ》らく使用人は誰もこの中には入れないのだろう。それなのに室内も並んだ宝物も埃《ほこり》一つ受けていないのはこの部屋にそういう魔法がかかっているのかもしれない。

「すまないがあまり時間がない。急いで気になるものがないか見てくれ」

テオドール殿下のその言葉に、ぐるりと周りを見回す。

クリスタルのようなもので作られた天使像、たくさんの宝石に彩《いろど》られ、戦うことが目的ではないと一目でわかる煌びやかな剣《けん》、明らかに異国の物と分かる飾《かざ》りや置物は他国からの贈《おく》り物だろうか。その中で、やはり多いのは宝飾品《ほうしょくひん》だ。ティアラやネックレスだけでもたくさんある。

その中で、ある宝飾品たちに目が留まった。

繊細《せんさい》な物が多く並べられた一角に並んでいた、小粒《こつぶ》だけれど希少と言われるピンクダイアモンドが多数使われているブレスレットや、アメジストのブローチ、涙《なみだ》のような形をした大きなルビーのペンダント……。

「この辺のやつ、デイジーが着けていたのを、見たことがある」

いつの間にか隣《となり》に並んでいたカイゼルがそれらを見ていた。

「ええ……」

他にもいくつか、彼女を飾っているのを見たことがある宝石が多数ある。ジェイド殿下は、やはり宝物庫の宝飾品さえもデイジーに与《あた》えていたのだ。もちろん陛下方の許可を得た物ではないだろう。

「その辺りの物を、一度目にジェイドがあの令嬢《れいじょう》に贈ったのだな……前回私が確認《かくにん》したときには全て揃《そろ》っていたが、それから無くなっている物があるようだ。今回ももう手を出しているのかもしれない」

整然と並べられている宝石たちの間に不自然にスペースが空いている部分がある。きっとここにあった宝飾品は、テオドール殿下の言葉通り既《すで》にデイジーに渡《わた》っているのだろう。

部屋を清潔に保つための魔法はかけられても、盗難《とうなん》を防止するような魔法を宝物にはかけられない。魔法石ならいざ知らず、繊細な宝物に魔法は負担になるのだ。だからこそ、扉にいくつも鍵をかけるような対策をとるのである。やるせない思いでそのスペースを見つめていると、ふとその隣に飾られているネックレスに視線が奪《うば》われた。

エメラルドの、ネックレスとイヤリング。この二つは……。

「あれは……最後の卒業パーティーの時にデイジーが身に着けていました」

私の視線に気づいたカイゼルが、エメラルドの輝《かがや》きを見つめながらテオドール殿下に告げる。

なぜと言われると、分からない。だけど、不思議な確信があった。きっと間違《まち》いない。

「恐らく……これだと思います」

聖女の力を込めるのに使われた王家の至宝は、きっとこれだ。

「！　本当か？」

テオドール殿下が驚《おどろ》きの声を上げる。

「これで間違いないと思います。ただ……今はこのネックレスから、特別な力は何も感じられません」

そう、力自体は何も感じられない。それでもこれ以外には考えられなかった。

ゆらゆら、ゆらゆら。私の中の青い炎《ほのお》が静かに揺《ゆ》らめいている気がする。

既にこのネックレスから力を感じないのは……その力を、一度目の時点でデイジーが全《すべ》て自分のものにしたということだろうか。だからこそ二度目の今回、一度目とは違い最初から光魔法適性に覚醒《かくせい》していたのだろうか？

私がそう疑問を口にすると、殿下もカイゼルもそうかもしれないと頷《うなず》いた。

一度目にデイジーが力を手にしたままだとして、至宝にまだ力があるなら先に回収し、どうにか力を封《ふう》じるなり、デイジーが手にしている分も含《ふく》めて取り戻《もど》すなり、何か対策が取れないかと思っていた。けれど、それはもはやできそうにない。

「そろそろ戻ろう。少し時間が経《た》ち過ぎている」

お兄様が扉の外を窺《うかが》いながらそう促《うなが》す。その声に従い、急いで宝物庫から出る。

テオドール殿下が手早く鍵を掛《か》けなおしていき、私たちは足早にその場を後にした。

テオドール殿下の執務《しつむ》室に戻ろうと歩いている時だった。突然《とつぜん》、ぶわりと鳥肌《とりはだ》が立つのを感じて、思わず足を止める。

「エリアナ？」

急に歩くのを止《や》め、呆然《ぼうぜん》と立ち尽《つ》くす私にお兄様が声を掛ける。

でも、私はそれどころじゃなかった。

「何を見ているんだ？」

カイゼルもテオドール殿下も私を心配そうに見る。

私の視線の先にはただただ木が生《お》い茂《しげ》り、その向こうはここからでは何も見えない。私たちがいるのは一階の、外に面した渡り廊下だった。

宝物庫へ向かっている時には何も感じなかった。けれど、その茂みの向こうに引き付けられて止まない。私は廊下から逸《そ》れ、茂みに近づく。

「エリアナ？」

「少し……待ってください」

茂みをゆっくりかき分け、その向こうへ足を踏《ふ》み入れる。茂みの奥には、とても見覚えのある池があった。

ここは……ここを、私は知っている。

『どうしたの？　泣いてるの？』

今にもその場に小さな私が現れるような気がしてくる。

『うっううぅ……うわぁあ――――ん！』

耳の奥の方で、子ども特有の甲高《かんだか》い泣き声がこだまする。

ここは……夢に出てきたあの場所だ。

「王宮の敷地《しきち》内だったのね……」

「どうしたの？　エリアナ」

後ろからついてきたカイゼルがそう声を掛けてくる。

「いいえ……ごめんなさい、なんでもないわ」

あれは、小さな頃《ころ》王宮に招かれていた子どもたちの中の誰かだったのだろうか？　こうして、不自然なまでにぽっかりと部分的に記憶《きおく》がなくなっていることが多々ある。そして、私の力が強くなる度《たび》に、そんな不自然さがどんどん浮《う》き彫《ぼ》りになっていくような感覚になるのだ。同時に、今までも感じていた脈絡《みゃくらく》のない違和感《いわかん》や胸騒《むなさわ》ぎも強くなっていた。

きっと……これも何かの鍵なのだ。

私やカイゼル、テオドール殿下《でんか》が『忘れている大事な何か』。恐らく思い出せない記憶たちと、この『大事な何か』には関連があるはず。

その場を離《はな》れ、渡り廊下に戻っていく。これ以上考えていても、恐らく何も思い出せないだろう。思い出すには、その『大事な何か』を取り戻すしかないのだと感じていた。

上の階にあるテオドール殿下の執務室に戻る途中《とちゅう》で、廊下の大きな窓から王妃《おうひ》様のバラ園が見えた。

そこに、デイジーと、彼女に寄り添《そ》うジェイド殿下がいた。

二人は距離《きょり》のあるここから見ても分かる程《ほど》幸せそうに微笑《ほほえ》みあい、身を寄せて何かを囁《ささや》きあっている。

否《いや》が応でも一度目と、そして巻き戻って最初に見た夢を思い出す。

『お前のことなどもう愛していない。いや、愛していたと思っていたこと自体気の迷いだったようだ』

今の殿下が私に向ける目は、夢で見た冷たい目にそっくりだ。

デイジーは、ジェイド殿下を手に入れたくて作られた聖女の力を使っているのだろうか？　その先に待っているのは、破滅《はめつ》の運命だということは知らないのだろうか？

「聖女の力が込められていた至宝が分かっても、今はもう力を失っているのではそこから対策することはできないな。ただ……これで例の令嬢がその力を手にしているのは確定したと思っていいだろう」

テオドール殿下がそう言いながらため息を吐《つ》く。

揃い始めたパズルのピースが指し示す答えは、私たちの予想を覆《くつがえ》してはくれなかった。

第五章　悪しき魔

冬はどんどん終わりに向かっている。

今日は朝からお兄様やテオドール殿下の、学園の卒業式が行われていた。そして、夜になりこれから卒業パーティーが行われる。

「お兄様、ご卒業おめでとうございます」

邸《やしき》のホールで、正装に着替《きが》えたお兄様にお祝いを言う。

「ありがとう、エリー。学園での最後のパーティーでお前に私の贈《おく》ったドレスを着てもらえて嬉《うれ》しいよ」

にこにこと微笑むお兄様が私の頭を撫《な》でてくださった。

「行こうか」

馬車に乗り学園に向かう。

お兄様たちの卒業パーティーではあるが、王族であるジェイド殿下は参加となる。一応こちらからジェイド殿下に手紙は送ったものの、案の定返事はなかった。恐《おそ》らく、今日はデイジーを伴《ともな》うのではないだろうか。

普通《ふつう》に考えて婚約《こんやく》者の私ではなく彼女をエスコートするのは非常識だけれど、今のデイジーは力の影響《えいきょう》もあり聖女として優遇《ゆうぐう》され特別視されている。彼女が本当に聖女であれば、そのサポートの一環《いっかん》で王子がエスコートするのは一応あり得ないことではない。

卒業生もパートナーとの参加が基本になるため、ジェイド殿下のパートナーでなくとも、私はお兄様のお相手として今回のパーティーにも参加する。私のように、家族か、もしくは婚約者のパートナーとしてであれば、卒業生でなくともパーティーに参加できるのだ。

当たり前のように殿下から今回はドレスも頂いていないので、お兄様が今日のために贈ってくれた濃《こ》いブルーのドレスを纏《まと》っていた。

一度目の今頃は、まだデイジーのことを知らなかった。まだ彼女が光属性適性に覚醒する前だったからだ。そのため、この卒業パーティーにもジェイド殿下と問題なく参加したはずなのだけれど……不思議なことに、このパーティーでの記憶も一切《いっさい》ないのだ。

時期的にはデイジーが力を手にする前のはずなのに……なぜだろう。

お兄様のエスコートを受けて、会場に入る。

今日はサマンサ様やメイは参加していない。今のところ、ジェイド殿下やデイジーの姿は見ていない。

「エリアナ、踊《おど》ってくれる？」

「もちろん！　お兄様の学生としての最後のファーストダンスの権利がもらえて光栄だわ」

楽団の演奏に合わせて、お兄様の手を取る。お兄様が本当に嬉しそうに私をリードして踊っているから、私の心は救われる気がした。ジェイド殿下ではなくお兄様のエスコートを受けていることに、少なからず冷たい視線も感じていたから。

ファーストダンスが終わると、令嬢方《れいじょうがた》がそわそわとお兄様に近づいて来ているのが分かった。こういう時にいつも私を気にかけ側《そば》にいてくれるから忘れてしまいそうになるけれど、お兄様も実は令嬢方にとても人気があるのだ。おまけにまだ婚約者がいない。

「お兄様、私は大丈夫《だいじょうぶ》だからご令嬢方のお相手をしていらしたら？」

私の言葉が聞こえていただろう令嬢たちは期待に目を輝《かがや》かせた。

「でも、エリアナを一人にするなんて」

「──では、エリアナ嬢には私のお相手を願えるかな？」

渋《しぶ》るお兄様の言葉を遮《さえぎ》ったのは、いつの間にか近くにきていたテオドール殿下だった。

「テオドール、またお前か」

苦々しいお兄様に対して、テオドール殿下の表情は涼《すず》しいものだ。

「私の右腕《みぎうで》として、あまり社交をおろそかにするのはいただけないな。お前は婚約者もいないのだし、こういう時に麗《うるわ》しいご令嬢方を楽しませることくらいできなくてどうする」

その言葉を合図のように、お兄様は反論する暇《ひま》もなくあっという間に令嬢たちに囲まれてしまった。私は自然とその輪からはじき出され、テオドール殿下と並ぶ形になる。

「ふふふ、テオドール殿下も普段《ふだん》はあまりダンスなどなさらないのに」

自分のことは棚《たな》に上げるようなお兄様への言葉に思わず笑ってしまう。

「私は自分が踊りたいと思う相手とだけ踊るからいいんだよ。嫌《いや》でも必要になる時にはしっかりやるさ」

そう言いながら、殿下は私に手を差し出し、ダンスに誘《さそ》ってくださった。

殿下はいつも誰《だれ》とも踊らないことがほとんどだ。それこそ他国の王女などが訪問された時くらいで、他《ほか》には前回のサマーパーティーで私と踊ったくらい。……これではまるで、私は特別だと言われているみたい。

そんな風に考えてしまい、慌《あわ》ててその考えを打ち消す。これ以上考えてはいけない気がして、殿下の手を取った。

テオドール殿下と踊っていると、視界の端《はし》にジェイド殿下の姿が見えた。彼は、デイジーと寄り添うように踊っている。

……やはり、ジェイド殿下は彼女を伴っていたのだわ。

不意にジェイド殿下もこちらを見た。視線が交わり、ぎくりとする。ジェイド殿下はいつものようにこちらを強く睨《にら》みつけるでもなく、心の内を読めない暗い目で私を見ていた。

私の緊張《きんちょう》に気付いたテオドール殿下が、労《いた》わる様に優《やさ》しく重なった手に力を込める。

「エリアナ嬢……大丈夫かい？」

テオドール殿下の目は私への心配で溢《あふ》れていた。強張《こわば》った体からすっと力が抜《ぬ》けていく。

「はい、大丈夫です。殿下がいてくださったおかげです」

ダンスが終わると、少し休もうと、殿下にエスコートされ壁際《かべぎわ》に移動する。飲み物を取り他愛《たわい》のない話をしていると、テオドール殿下が険しく眉《まゆ》を寄せた。

「テオドール殿下？」

「——兄上」

どうされたのですか、と言おうとした言葉を咄嗟《とっさ》に呑《の》み込む。

デイジーを伴ったジェイド殿下が、満面の笑《え》みで立っていた。

「兄上、ご卒業おめでとうございます」

「……ああ、ありがとう」

テオドール殿下はさりげなく私の前に出る。

「兄上とエリアナがあまりにも絵になっていたから、思わず妬《や》いてしまうところでした」

笑顔のまま放たれた予想外の言葉に目を瞠《みは》る。テオドール殿下も驚《おどろ》いているようだった。

デイジーをエスコートし、今も彼女を隣《となり》に伴っていながら、何を言っているの？　彼の隣に立つデイジーは、余裕《よゆう》たっぷりの表情でこちらを嘲笑《あざわら》うように見ていた。

──なるほど、そういうこと……。

最近はストレートな攻撃《こうげき》ばかりだからつい言葉をそのまま受け取りそうになったけれど、これは多分、デイジーと自分の仲を見せつけに来たということよね。

「お前も可愛《かわい》らしい令嬢を連れているね。邪魔《じゃま》をしては悪い。私に気を遣《つか》う必要はないよ」

その言葉にデイジーは頬《ほお》を染め嬉《うれ》しそうにしていたけれど、言外に「私たちに構わずもう立ち去れ」とテオドール殿下《でんか》に言われていることに気付いたジェイド殿下はすっと表情を消した。

しかしそれも一瞬《いっしゅん》のことで、ぱっともう一度朗《ほが》らかな笑みを浮《う》かべると、「兄上も、パーティーを楽しんで」とだけ言い残し、ジェイド殿下はデイジーと共に去っていった。

無意識に詰《つ》めていた息をふっと吐《は》きだす。テオドール殿下は、二人の後ろ姿を見ながら慰《なぐさ》めてくれるかのように私の背中に手を添《そ》えた。

「休みになればやっとリタフールの神殿《しんでん》へ行ける。そこへ行けばきっと有益なヒントが得られるはずだ。……もうすぐきっと、全《すべ》てを解決できるさ」

「……はい」

そうなることを、願っている。

その後は、無理やりにでも気持ちを切り替《か》えた。お兄様やテオドール殿下の大事なこの日を、楽しめなくしてはいけない。

数人のご令嬢とダンスをしたお兄様も間もなく戻《もど》ってきて、そこからは楽しく談笑《だんしょう》したり、並べられた豪華《ごうか》な料理に舌鼓《したつづみ》を打った。

卒業パーティーの夜は、あっという間に過ぎていった。

⁂

王都から、馬車で二日の距離《きょり》を移動して。

「――エリアナ様、サマンサ様……ようこそ、クルサナ村へ！」

少し前から馬車の外をじっと眺《なが》めていたメイが、不意に両手を広げて振《ふ》り向き、満面の笑みで私たちを歓迎《かんげい》した。ちなみにテオドール殿下とお兄様、カイゼルはあとから合流することになっている。

ここはタダナ地方クルサナ村。私の大好きな友人、メイの故郷だ。

この二日間、馬車の旅はこんなに楽しいものだったかしらと思うほど、心から楽しかった。公務の関係もあり、馬車の旅は何度も経験していたけれど、それはやはりどうしても疲《つか》れてしまうものだったのに。他愛のない話が尽《つ》きず、あっという間に時間が経《た》っていた。

友達ってすごい。一度目から巻き戻り、やり直す中で一番感謝しているのがこの二人と親しくなれたことだった。

「本当に、田舎《いなか》の何もない村でなんだか申し訳ないくらいの気持ちなんですけど……」

メイはそう言って笑った。

確かにここはタダナ地方の中でも特に田舎なのだろう。広い土地に畑が広がり、あちこちに牛やヤギがいるのが見える。舗装《ほそう》されていない道が多く、時折通る大きな荷物を載《の》せた荷車を引いているのも馬ではなく牛のようだ。私たちの乗る馬車も、途中《とちゆう》から御者《ぎよしや》がゆっくりと馬を歩かせていた。

「確かに田舎かもしれないけれど、穏《おだ》やかで空気が綺麗《きれい》でとてもいいところだわ。ねえ、サマンサ様？」

「はい！　最近はピリピリすることも多かったですし、とても癒《いや》される思いですわ」

その言葉通り、サマンサ様はとてもリラックスした様子でにこにこ微笑《ほほえ》んでいる。もちろん私も同じ思いだ。

「そう言っていただけると、とても嬉しいです。おもてなしもできない程《ほど》何もないですけど、村の人たちもみんな優しくて……いい場所なんです！　お二人を両親や村の皆《みな》に紹介《しようかい》させていただいてもいいですか？　私の……大好きなお友達だって」

メイの両親は、とても優しく穏やかな人たちだった。侯爵令嬢《こうしやくれいじよう》の私と、伯爵《はくしやく》令嬢のサマンサ様を友人として紹介されたことに最初は驚いていたものの、私たちの様子を見て本当に仲の良い間柄《あいだがら》なのだと知り嬉しそうにしていた。

「あらメイちゃん！　お帰り！　いつの間に帰ってたんだい？」

「おお！　お友達かい？　何もないところですがどうぞごゆっくり！」

「王都で頑張《がんば》ってるの？　都会で大変な思いをしていないかい？」

「これ持っていきな！　みんなで食べてちょうだい！」

　村を歩くとすぐに、誰《だれ》もが笑顔でメイに声を掛《か》ける。

「ありがとう、みんな！」

　紹介された彼女の友達である私たちの正体に驚きながらも、メイと同じように優しく笑顔で接してくれた。私もサマンサ様も、すぐにそんな村の人たちのことを大好きになった。

　メイの両親が作ってくださった夕食は素朴《そぼく》で、でもものすごく新鮮《しんせん》で驚くほどおいしかった。夜はメイの部屋のベッドに三人で並んで横になる。今まで経験したことがないくらい狭《せま》くて、経験したことがないくらい温かかった。

「私、友人と並んで眠《ねむ》るなんて初めてですわ」

　隣に横になっているサマンサ様がそう零《こぼ》す。

　私を真ん中に、三人で身を寄せ合っているからお互《たが》いの肩《かた》や腕《うで》も少し触《ふ》れている。明かりも消して暗い部屋で、ひそひそと話すのが内緒話《ないしょばなし》のようでなんだか楽しい気分だ。

「ふふふ、私もよ」

「狭くてごめんなさい……」

メイは私たちの様子に申し訳なさそうな声を出した。

「とんでもない！　なんだかとっても幸せだわ……」

サマンサ様がうっとりとした声でそう返す。確かに、とっても幸せだわ……。

「私、二人とこうして友達になれて本当に良かった。こんなこと言うのは不謹慎《ふきんしん》だと分かっているけど、こんなことにならなければ二人とは仲良くなれなかったかもと思うとぞっとするの。今の状況《じょうきょう》は不安で怖《こわ》くて歪《いびつ》だと思っているのに、感謝している自分もいるの」

「エリアナ様……」

巻き込んでいる二人からしたら堪《たま》ったものじゃないかもしれない。だけど、温かくて少し眠いからか、つい本音を零してしまう。

そんな私に、サマンサ様とメイがぎゅっと二人で私を挟《はさ》むように抱《だ》き着いてきた。

「エリアナ様、私もです。リューファス様のことを考えると悲しくて辛《つら》いけれど、こうしていると間違《まちが》いなく幸せです。リューファス様は側《そば》にいてくれるけどエリアナ様やメイとこうして過ごすことができなかった現実もあったのだと思うと、想像だけでもどちらが良かったかなんて選べません。私こそ不謹慎ですわ」

「不謹慎なら私がきっと一位ですよ！　一人だけなんにも損なことなんてなくって、ラッキーなことばっかりでとっても喜んじゃってるんですから！」

「メイったら」

くっついているから、メイが小さく笑うのも振動《しんどう》ごと伝わってきた。

「でも、たまには不謹慎なこと言ってもいいじゃないですか……今ここには三人だけです。誰も聞いてません。みんな不謹慎だから、誰も責めませんし。この話は三人の秘密です」

「ふふふ、うん、そうよね……」

ベッドの中で、三人でくっついてとっても温かくて、経緯《けいい》はともかく今の時間が幸せで、悲しいことや辛いことが吹《ふ》き飛んでいく。

今この瞬間、私の心は満たされていた。二人は何も言わずにさらに私に身を寄せた。

心がぽかぽかして、その奥でゆらゆらと青い炎《ほのお》が揺《ゆ》らめいていく。

こういう感情でも、私のこの炎は輝《かがや》きを強くするのね……。

他人事《ひとごと》のようにそんなことを思っているうち、いつの間にか眠りに落ちていた。

久しぶりに、夢も見ない程ぐっすりと眠った夜だった。

翌朝、メイのご両親の作った朝食をいただき、お礼に家の隣《となり》の畑の朝の収穫《しゅうかく》を三人で手伝った後、村の人たちに挨拶《あいさつ》をして馬車に乗った。

メイに聞いていた通り馬車に乗り数十分、道が舗装され、見える景色が変わって来たなと思っているうちにあっという間にリタフールに入った。

そのまま完全に街中に入る前に、別行動で公務を行っていたお兄様たちと合流する。

「殿下《でんか》、お兄様、カイゼルも。ごきげんよう。ご公務お疲れ様です」

「ああ、ありがとう。君たちはいい休暇《きゅうか》を過ごせたかい？」

殿下たちはわざわざ馬車から降り、私たちを迎《むか》えてくれた。

そこからは、同じ馬車に乗り換《か》え、公務の話を聞いたり、クルサナ村での話をしたりしながらリタフールの神殿《しんでん》へ向かった。

到着《とうちゃく》したリタフールの神殿はとても小さく、手入れが行き届いている印象だった。

「懐《なつ》かしいです。村にいた頃《ころ》は毎月両親と一緒《いっしょ》にお祈《いの》りに来てました」

神殿には先触《さきぶ》れを出していたおかげで、ギレスという老神官様が待っていてくださった。

どうやらすでに代替《だいが》わりしたようで、ミシェル夫人の言っていた大神官様はいらっしゃらなかった。本当は大神官様にお話を聞ければよかったのだけれど……。

「こちらです」

ギレス神官の案内で神殿の奥の部屋に進む。通された部屋にはいくつかの文献《ぶんけん》や本が置かれていた。私たちはそれぞれ思い思いにそれらを手に取り開《あ》いてみる。

「前任の神官が、この部屋で聖女や悪しき魔《ま》について研究していたのです。資料などもそのままにしておりますので、必要なものがありましたらお好きに持ち帰ってください」

あまり整理できておらずすみません、と頭を下げたギレス神官。確かになかなか乱雑な印象を受ける部屋だわ。比較的《ひかくてき》新しいものは把握《はあく》しているみたいだけれど、古いものについてはどんなものがあるのかも分からないらしい。

私が手にしたのは絵本だった。……これは聖女の力についての物語みたいね。

描《えが》かれているのは悪しき魔との戦いのようで、最後の方のページには化け物のような絵で描かれた悪しき魔の心臓を、聖女の力が撃《う》ち抜《ぬ》く描写《びょうしゃ》があった。

「あの！　これ、あの恋愛《れんあい》小説です！」

私の側で一冊の本を手にしていたサマンサ様が驚《おどろ》いたような声を上げた。

「本当だわ……」

だけど、表紙が違《ちが》う。思いついて本の最後のページをめくった。

「……やっぱり。売られているものと、結末が違うわ」

「見せてくれ」

私の呟《つぶや》きを拾ったテオドール殿下が覗《のぞ》き込む。結末は、今王都の書店に並んでいる物とは違う。ミシェル夫人に聞いていたように、あの小説は本来こうした終わり方だったのだ。

「その本はミシェル様が一冊はご自分用に、一冊は神殿書庫に置く用にと作られたものだと聞いています。神殿に止められて廃棄《はいき》されそうになり、元となった原稿《げんこう》と共にこの神殿に預けられました」

小説を手に難しい顔をする私たちに、ギレス神官が説明してくれる。

「その原稿を見せてもらえるか？」

「はい。確かこの棚《たな》に……」

ギレス神官は本が置かれていた机の側の棚に手を伸《の》ばし、並べられた文献や本、書類のような束の中を選《よ》り分けていく。

「あれ……原稿がありません……なくなっております！」

けれど、そこにあったはずの原稿は、姿を消していた。

原稿がない……出版社に匿名《とくめい》で原稿を送ったという誰かがここを訪《おとず》れ、持ち出したのだろうか？

「そういえば……数年前、ここを訪ねてきた方がいました……もしかするとその方が持ち出したのかもしれません」

「それが誰だかわかるか？」

テオドール殿下が慌《あわ》てて詰《つ》め寄る。

「身分を隠《かく》していらっしゃったようで、正式なお名前は存じ上げていないのです。ただ恐《おそ》らく貴族のご夫人で、私には『リリー』と名乗っていました」

リリー！

私の中で細い糸がつながった。ギレス神官は半信半疑のようだが、恐らく原稿を持ち出したのはそのリリーという女性だ。きっと、出版社に持ち込んだのも。

きっとこのリリーは真実を明るみに出したかったのだろう。ただ、恐らく彼女が持ち出した時にはすでに神殿の手が入っていたのではないだろうか。

テオドール殿下も同じように感じたらしい。目が合い、こちらに向けて頷《うなず》いた。

「ギレス神官様、ありがとうございます。とても大事な情報だわ……」

その後は全員で部屋中の文献や本を検《あらた》めた。

私が手に取った文献には、聖女は悪しき魔が世界を脅《おびや》かす時に現れるとされるとだけあって、その力を感じ取れること、聖女は同じ時代に二人存在することはないこと、聖女は感情が大きく揺さぶられ力を覚醒《かくせい》することなどが書かれていた。

「エリアナ嬢《じょう》、これを見てくれ」

テオドール殿下がその中の一つを手に取り私を呼ぶ。

「これは……日記ですか？」

いつかの、作られた聖女の日記を思い出しながらぱらぱらとページをめくる。

「おそらくこれは例の『リリー』という女性のものだろうな」

ミシェル様は、リリーとはお互《たが》い正体を隠し、偽《ぎ》名《めい》で交流していたと言っていた。この日記はリリーとして書かれている。

これを読めば、その正体が分かるだろうか？

「かなりの量だ。持ち帰り、私が読んでみる」

さらに、日記には数枚の折り込まれた紙が挟まっていた。

その中の一つは地図で、王宮を中心に、学園や授業で魔物討伐《まものとうばつ》を行う森やその他《ほか》の拠点《きょてん》などが確認《かくにん》できる。その中で、いくつか印をつけられているポイントがあった。

「説明が何も書かれていないから予想でしかないが……これは、悪しき魔を研究していたという神官が、大魔女の封印《ふういん》地を予測しようとしたものなのではないだろうか」

他の紙は全《すべ》て大魔女について記されているものだった。それを思うと、テオドール殿下の予測は当たっているような気がする。

「至宝が力を失っているのが確認できた今、あまり時間がない。王都に戻《もど》り次第《しだい》、まずはこの地図を手掛《てが》かりに手分けして封印地の特定を急ごう」

私たちは顔を見合わせて頷きあった。

神殿にあった文献通りに私の聖女の力が悪しき魔を感知するのならば、大魔女の封印はまだ解かれてはいないと思っていいだろう。ただそれも時間の問題のはず。急いで封印地を見つけ、できれば封印が解かれる前に対処したい。封印された状態であれば、それこそ感知できない程《ほど》力が弱いわけで、今の私の力でも十分対抗《たいこう》できるはずだ。

理想は封印ごと無理にでもその存在を消滅《しょうめつ》させてしまうこと。

解かれてしまった後では……それができるか分からない。

❈

王都に帰りつき、一日休養日として各自ゆっくりと体を休めた後から、さっそくメイとサマンサ様と三人で大魔女の封印地を探している。けれど……状況《じょうきょう》は芳《かんば》しくない。

前を歩いていたメイがこちらを振《ふ》り向く。

「エリアナ様、ここはどうですか？」

今日は地図に印がつけられたポイントの一つ、学園の裏手にある丘《おか》の先に来ていた。

手入れをされていない、寂《さび》れた石碑《せきひ》のようなものがある場所。その石碑を手で触《ふ》れる。

「ここも違《ちが》うわ……何も感じない」

リタフールの古神殿から持ち出した文献を読み解いたところ、少なくとも封印された場所に直接手で触れれば間違いなくその魔力を感じ取れるはずだ。私たち三人でならば聖女である私が必ず分かるはずだ。それにカイゼルも魔力の質や流れも分かる上に、一度目にデイジーの異質な力の影響《えいきょう》を受け続けていた経験がある。手を触れ、大魔女の力が少しでも感じ取れれば分かるはずだった。

そうして封印地を探しながら、その日の捜索《そうさく》が終わった後には三人で魔法の練習をしたり、魔力交換《こうかん》などをして、能力向上に励《はげ》むのが日課になっていた。

全ては大魔女の封印が解けてしまう前に封印地を探し当て、その存在を消滅させるため。

そして、最悪の場合も想定し、万が一の時にその力に対抗できるようにするために。

「お兄様、どうでしたか？」

「残念ながら、こちらも今日も収穫《しゅうかく》はなかったよ」

邸《やしき》に帰った後は、お兄様とその日の進捗《しんちょく》を報告し合い、どの場所を探したか、地図にバツ印を書き込み、明日はお互いどのあたりを探すか予定を立てる。

ちなみに、実はテオドール殿下《でんか》は全く捜索に参加できていない。王都をあけていた間の公務がたまっていて、身動きが取れないのだ。

ジェイド殿下が……全く公務を行っていなかったから。

本来そんなジェイド殿下を諫《いさ》めるはずの立場の人間は、揃《そろ》ってデイジーとジェイド殿下の味方になっているせいで、やりたい放題になっているらしい。

「エリアナ、大丈夫《だいじょうぶ》か？」

「え？」

お兄様が心配そうに眉《まゆ》をひそめて、私の頬《ほお》にそっと手を添《そ》える。

「最近顔色が悪い。夜眠《ねむ》れている？　焦《あせ》るのも分かるがあまり無理をしないで」

「お兄様……ありがとう」

お兄様の言う通り、私は焦っていた。

本能的にタイムリミットのように感じている、私たちの学園二年目の始まりまであと二週間もない。それに、大魔女の封印がいつ解けるかも分からない。

そうして焦っているから、こんな夢を見るのだ。

　私は暗い暗い場所を、ひたすら歩いている。何も見えない、前も、後ろも、呑《の》み込まれそうな闇《やみ》に底知れぬ不安を感じながら、止まっては戻れなくなると、そんな気がして必死で足を動かす。その感覚は言い表せない。今まで見たどんな夢より怖《こわ》い。

　ひたすら歩いていると、少しだけ光の差す場所が見えてくる。

　ほっと安堵《あんど》して急いで走ってその場所へ向かうと、そこには人影《ひとかげ》がある。

　それは能面のように表情を失《な》くした幼い自分。そんな自分が、何か呟《つぶや》いている。

　なんだか助けを求めているように見えて、私は声をかける。

「なんて言っているの？」

『――――――――』

「え？　もう一度言ってくれる？」

『――――――――』

「聞こえないの、もう少し大きな声で」

　そして、突然《とつぜん》声は大音量で届いた。

『裏切者！』

　え――……？

　予想外の言葉に、頭がガツンと痺《しび》れた。血の気が一気に引いていく。

だけどそれでは終わらず、小さな私は延々と呪詛《じゅそ》を吐《は》き続けた。

『酷《ひど》い女！』

『あなたなんか最低よ！』

『デイジーの力なんて、言い訳にならない！』

『愛していると言ったくせに、どうして忘れられるの！』

「――っ！」

衝撃《しょうげき》に、一気に頭が覚醒する。寝台《しんだい》の上で飛び起きて、肩《かた》で息を繰《く》り返した。

寒い夜なのに、汗《あせ》でびっしょりになっていた。震《ふる》える手を握《にぎ》り、大きく息を吐く。

ジェイド殿下の冷たい顔がよぎった。

「忘れてなんかいないのに……」

そう呟きながら、だけど思い出せないこともたくさんあるということが頭を巡《めぐ》る。

夢の私は、忘れている大事な何かのことを言っているの？

その何かはそれほどまでに大事なことで、そんな自分を責めているの？

それとも……。

✻

封印地《ふういん》が見つからないまま、冬休みの終わりが迫《せま》っていた。私は今日もメイとサマンサ様と封印地を探していた。だけど、地図に印のつけられていた場所は、すでにもう全て調べてしまっていた。メイもサマンサ様もその表情は暗い。

どうしよう。見つからない。時間がない。

――だめ、暗い顔ばかりしていては。

気持ちが悪い方に引きずられてしまわぬように、無理やりに笑《え》みを浮《う》かべた。

「一度王宮へ行きましょう」

私たちは王宮へ向かうために歩き始めた。

もはや虱潰《しらみつぶ》しのように封印地を探しているため、道中でも少しでも何かヒントを得られればと最近はあまり馬車を使わないようにしていた。

「――あら？」

思わず声を上げたのは学園の裏を通り過ぎ、もうすぐ王宮というところだった。

……こんな道、あったかしら？

王宮へ真っ直《す》ぐ向かう道の横に、ぼうぼうと伸《の》びた草に隠《かく》れて分かりにくいが、確かに別れ道になっている場所がある。この裏道は一本道だったような気がするのだけど……。

「エリアナ様？　どうされましたか？」

「ごめんなさい……こっちへ行ってみてもいいかしら」

どうしようか考える前に思わず口にしていた。生《お》い茂《しげ》った草をかき分けて、脇道《わきみち》に入る。

なぜだか、言いようのない胸騒《むなさわ》ぎが止まらない。

嫌《いや》な予感がしてどんどん先へ進んでいくと、急に少し開けた場所へ辿《たど》り着いた。

「ここは……王宮の敷地《しきち》内のようですわね」

すぐ側《そば》に王宮が見え、サマンサ様とメイは不思議そうに辺りを見回す。

そんな中、私は呆然《ぼうぜん》としていた。

「この場所に繋《つな》がっているなんて……」

そこは夢で見ていた場所。宝物庫の帰りに覚えがあると足を踏《ふ》み入れた、あの池のほとりだった。こんなところに繋がっていたなんて。

耳の奥で、耳鳴りのように、甲高《かんだか》い泣き声が響《ひび》いている。あの子の後ろ姿が浮かんでくるようだ。

唐突《とうとつ》に、夢では聞こえなかった言葉が一つだけ耳鳴りの中で聞こえた。

『君は？　君も、僕のことを嫌《きら》いじゃない？』

そうだ。あの時泣いていたあの子は、男の子だった。

耳鳴りが、どんどん大きくなっていく。

「エリアナ様、どうしたんですか？」

ふと、池の向こうにもさらに草に覆《おお》われた空間があることに気が付く。ガンガンと頭の中に音が鳴り響くまま、私はそちらへ近づいた。草をかき分け、足を踏み入れる。

耳鳴りは、ますます大きくなる。頭が割れそうだ。

早く、早く、その先を確認《かくにん》しなくては。

焦る気持ちのままどんどん進み、やっとその先が見えてくると、ぽっかりと草がなくなり、木が上から庇《かば》うように影《かげ》を落とした薄暗《うすぐら》い空間が現れた。

大きな石が不自然に立てられている。

それを目にした途端《とたん》、激しい動悸《どうき》が止まらなくなった。

石は、大きく欠けている。震える足でそれに近づき、そっと手を伸ばす。

「そんな、まさか……」

まさか。だけど、間違《まちが》いない。

――ここが、大魔女《だいまじょ》の封印地。

いえ、大魔女が封印されていた場所。

ぞわりと全身に鳥肌《とりはだ》が立つ。

私は勢いよく二人に向かって振《ふ》り返った。

「――遅《おそ》かった！」

大魔女の封印は、すでに解けた後だったのだ――！

大魔女が封印されていた石には、生々しいほどに魔力の残滓《ざんし》があった。恐《おそ》らく……封印が解き放たれたばかりだったはずだ。だからあのタイミングで強く胸騒ぎを感じ、私はあの場所に引き付けられたのだ。

通って来たばかりの草にまみれた細道を走り抜《ぬ》け、裏側から学園に入る。私たちがようやく到着《とうちゃく》したときには、すでに学園はいつもの姿を失っていた。

「！　――オリヴァー先生！」

学園の敷地内に足を踏み入れた瞬間《しゅんかん》、結界の気配を感じた。校舎の屋上に、オリヴァー先生を筆頭に魔法に精通した教師が集まり天に向けて手をかざしている。

結界内に入り込んだ魔物たちが外に出ないようにしているのだ。

悪《あ》しき魔とそれに従う魔物たちの魔力は、全《すべ》て学園に向かっていた。

――御馳走《ごちそう》を狙《ねら》って集まっているのだ。

出来る限りここ以外への被害《ひがい》を減らし、全て学園で迎《むか》え撃《う》とうということだと思う。

「エリアナさん！　あなたたちは早く中へ！　生徒や騎士《きし》たちが魔物と対峙《たいじ》しています！」

こちらに気付いたオリヴァー先生が屋上から声を張り上げる。

結界を張っている先生たちはそれに全力を注いでいて、魔物に向かうことは難しそうだ。

私たちはすぐに校庭の方へ向かって走った。

「こんなことって――」

サマンサ様が茫然《ぼうぜん》とした声を漏《も》らす。学園の広い校庭には、討伐《とうばつ》訓練でも見たことがないほどの数の魔物が溢《あふ》れていた。数人の騎士と、生徒たちが戦っているのが見える。姿を見せた私たちにも一気に魔物が押し寄せた！

私たちは慌《あわ》てて魔法を展開し、応戦する。

「エリアナ！」

向かってくる魔物に向けて魔法を放ちながら声の方に振り向くと、そこには次々と魔法を展開し、必死に魔物をなぎ倒《たお》していくカイゼルの姿があった。彼が戦っているその背の後方に数人の生徒が震えながら身を寄せ合っている。

さらに周りをざっと見ると、校舎の方に恐怖《きょうふ》にまみれた魔力が固まっているのが分かった。普通《ふつう》系列の生徒や、戦うには対抗《たいこう》できるだけの力がない生徒たちが避難《ひなん》しているのだろう。

カイゼルは魔物の攻撃《こうげき》をひらりひらりと躱《かわ》しながらこちらに向けて叫《さけ》んだ。

「エリアナ、奥だ！　殿下《でんか》とデイジーがいる！」

一瞬《いっしゅん》こちらに意識を向けたカイゼルに他方から一気に数匹《ひき》の魔物が襲《おそ》い掛《か》かる。

「カイゼル！」

さすがに全ては捌《さば》ききれず、一匹がそのまま彼に向かって飛び込んでいった。カイゼルが身を庇うように伏《ふ》せた瞬間、近くで応戦していたキースがカイゼルに襲い掛かった魔物を魔法の刃《やいば》で切り捨てた。

「エリアナ様！　ここは俺たちに任せて行ってください！」

「分かったわ！　サマンサ様、メイ！」

「はい！　急ぎましょう！」

メイは魔物が飛ばす魔力を手当たり次第《しだい》弾《はじ》き、攻撃で隙《すき》ができた魔物にサマンサ様が魔法をぶつける。周りの喧騒《けんそう》が絶え間なく耳に入る中を私は二人と一緒《いっしょ》に必死で走った。

「騎士団が到着しました！」

「神官様も来てくれた！　怪我《けが》人を運べ！」

「くそ！　魔物の数が減らない！」

「これじゃ長くはもたない――」

おそらく大魔女を倒さなければ、魔物は無限に湧《わ》いてくるのだろう。

何も言われなくても、辺りを見回さなくても、どこに向かえばいいのかすぐに分かった。桁違《けたちが》いの禍々《まがまが》しい魔力をひしひしと感じるから。

校庭の学園裏側から競技場方面に走っていくと、ついにその姿を視界に捉《とら》えた。

病的に白い肌《はだ》、濃《こ》い緑から黒に染まるような淀《よど》んだ昏《くら》い瞳《ひとみ》。空に浮かんだ体は信じられない程《ほど》肉感的で、思わず少し息を呑《の》む。玉虫のように紫色《むらさきいろ》と緑色に怪《あや》しく揺《ゆ》らめくような髪《かみ》の毛は、こんな時でなければ美しく見えただろう。

信じられないほど美しく、禍々しいその姿。

悪しき魔、大魔女は恍惚《こうこつ》の表情を浮かべていた。その視線の先には……。

「――！　殿下！」

ジェイド殿下が、デイジーを庇うように大魔女の前に立ちはだかっていた。

私の声に反応して、殿下の瞳がちらりと揺れた。

❁

いつからか、時々夢を見るようになった。不思議な夢だ。

見ている間は夢だと分かるし、何度も見ている夢だとすぐに気づく。

しかし、目が覚めた時には全てを忘れているのだ。

夢の最初はいつも小さな頃《ころ》の、エリアナとの大事なただ一つの幸せな思い出の夢。

ずっとこうしていたいと思う、とても幸せな時間。

それなのに気が付くと夢の中の自分はいつの間にか大人になっている。

エリアナと寄り添《そ》っていると、いつの間にか隣《となり》の彼女が別の人間に代わっている。

デイジー・ナエラスだ。

そうしてデイジー・ナエラスが側《そば》にいると、私はエリアナへの沸《わ》き上がる嫌悪《けんお》と憎悪《ぞうお》が止まらなくなる。

止《や》めて、止めてくれ。エリアナを憎《にく》みたくなんてない。ずっと彼女に愛されていたい。

頭の中で、小さな頃の自分が、エリアナを大好きで仕方ない自分がそう叫ぶ。

ああ、そうだね、その通りだ、私はエリアナさえいれば他《ほか》には何もいらないのに。

それなのに、デイジー・ナエラスが、あの女がそれを許さない。

彼女が側に近づいてきた時、受け入れたのには理由があった。仕方のない理由だ。

それなのに、まさかこんなことになるとは思わなかった。

夢を見ている時間以外でも、まるで夢を見ているようで、そのうち悪夢と現実が混ざり合っていくようになった。二人の正反対の自分がいて、いつでも葛藤《かっとう》している。

どちらも自分で、どちらも自分じゃない。

分かっているんだ。私が愚《おろ》かだったのだと。

まさかあの女にしてやられるなんて思いもしなかった。

それでも、許せない。

私がデイジーを側に置くはめになってしまったから、エリアナが私の側にいない。

沸き上がる怒《いか》りが止められない。

いつの間にか彼女の一番近くにいた彼女の友人が、変わらず彼女に接することのできるカイゼルが、仲良く彼女と話す他の生徒が、身内だからと気軽に彼女に触《ふ》れる彼女の兄が、

私が彼女と話せない時間に彼女と話している兄上が、
そしてエリアナが、憎くて憎くてたまらない。
どうして？　私以外にどうしてそんな顔をしてみせるんだ！
エリアナ以外はどうだっていいのに。
エリアナ以外はなんだっていいのに。
エリアナ以外は必要ないのに。
エリアナだけが私の世界のすべてなのに。
でいじーがいればなにもいらない。
許して、エリアナ。
デイジーの側にいると安心する。
許して、許して。ごめんなさい。
何に代えてもデイジーを守りたい。
許して、全部受け入れてほしい。
デイジーを傷つけるものは許せない。
取り上げないで、私からエリアナを。
デイジーだけが愛《いと》しくてたまらない。
行かないで、エリアナ。

デイジー、デイジー、デイジー、デイジー！

エリアナ！

デイジーを愛してる！

エリアナ！　もう一度！

僕を助けて！

❋

「なあに？　わたくしに対抗できるとでも思っているのかしら？　わたくしの力を使って、わたくしを呼んでくれたのはお前でしょう？」

大魔女《だいまじょ》は、殿下とデイジーに向けてくすくすと笑った。その顔は愉悦《ゆえつ》にまみれていて、彼女が笑う度《たび》に彼女が発するあまりに強い魔力が揺れて、体が竦《すく》んでしまう。

殿下たちから少し離《はな》れた位置で、私とメイは動けなくなっていた。

「ああ！　人間は本当に愚かで……醜《みにく》くて……可愛《かわい》い！　――どうして悪《あ》しき魔であるわたくしが、黙《だま》ってお前が望みを叶《かな》えるのを許すと思ったのかしら？」

そう、大魔女は人間の望みを叶えるために聖女の力を作るのに力を貸したわけじゃない。

その力を手にし、邪《じゃ》に落ちた者を喰《く》らうために――。

私はあることに気付いた。聖女の力を使い、邪に落ちた者を欲《ほっ》する大魔女が、今まさに嬉々《きき》としてデイジーを狙《ねら》っている。つまり——デイジーはもう、邪に落ちかけている？

その時、おもむろに大魔女が二人に向かって手をかざした。

「！　だめっ！」

私が大声を上げ魔法を飛ばすのと、狙いを定められた二人が互《たが》いを庇《かば》い合うように身を寄せるのは同時だった。

「……なあんだ、まだわたくしの邪魔《じゃま》をする者がいるのね」

私の放った魔法でかざした手を払《はら》われた大魔女は、面白《おもしろ》くなさそうにゆっくりとこちらに振《ふ》り向いたものの、興味がなさそうにそのまま殿下《でんか》たちに視線を戻《もど》し、再びその手をかざそうと振り上げた。

二人は今度こそくるかもしれない衝撃《しょうげき》に、もう一度身を庇い合うように抱《だ》きしめ合う。

その光景を見ながら、なぜか私は猛烈《もうれつ》な怒りを感じていた。

そんなことを考えている場合ではないのに、頭の中は怒りでいっぱいになっていた。

『私から大事なものを奪《うば》っておいて』

頭の中で響《ひび》く、悪夢の中で私を罵《ののし》った小さな私の声が、今度は二人に向けて呪詛《じゅそ》を吐《は》く。

その声につられるように、私の青い炎《ほのお》が沸々《ふつふつ》と燃え滾《たぎ》っている。

私は激情のまま走り、二人の前に体を滑《すべ》り込ませ、大魔女に対峙《たいじ》した。

「エリアナ様……」

後ろからデイジーの弱ったような声が聞こえる。

その声に反応して、青い炎が体の中でさらに強くなる。

『私はこんなこと絶対に許さない！』

「お前……まさか、聖女か」

大魔女がこちらを見て僅《わず》かに目を見開いた。ふうん、と興味なげに片眉《まゆ》を上げるその仕草を見ながら、ずっと炎の揺《ゆ》らめきが止まらないのを感じていた。

私は大魔女を前に、悪しき魔がどうやって生まれるかを思い出していた。これほどに恐《おそ》ろしい存在である彼女も、元は人間だったのだ……。

「あれだ！　悪しき魔め！」

「いそげ！　殿下をお守りしろ！」

「悪しき魔と対峙しているあの女子生徒は誰《だれ》だ⁉」

学園に到着《とうちゃく》した騎士《きし》団の数人が悪しき魔に気付き、殿下を守るために走り寄ってくる。

「デイジー様！　今こそ聖女のお力で悪しき魔を滅《めっ》するのです！」

「祈《いの》りを！」

「ああ……なんという……アネロ様」

騎士たちに続いて学園に入った神殿《しんでん》の神官たちは、今もまだデイジーが聖女だと信じて疑わないようだ。私の背後から、「無理に決まっているじゃない……」とデイジーの弱々しい声が聞こえた。

大魔女の魔力に威圧《いあつ》されて、誰も私たちの側《そば》までは近づけない。

大魔女はその全《すべ》てに興味を抱《いだ》くことなく、ゆっくりとこちらに手をかざす。

そこから魔法が放たれるより早く……！

私は急いで魔法を展開し、大魔女へ向けて放出した。

大魔女と私の魔法が放たれたのはほぼ同時だった。

「あははは！　そんな力でわたくしに勝てるのかしら？」

私の青い炎と、大魔女の禍々《まがまが》しい魔力がぶつかり合い、拮抗《きっこう》する。

「そんな……青い炎⁉　でも、聖女はデイジー様のはず……」

近くを囲む神官の中から、そんな声が聞こえる。

聖女の証《あかし》の知識を持つ者も来ているようだ……私の色違《いろちが》いの魔法に気付いたのね。

彼らは、デイジーの作り上げた彼らが信じる真実と目の前でまさに見せつけられている事実の齟齬《そご》に混乱し始めているようだった。

だけど、今はそれどころじゃない。

「くっ……そんな……！」

大魔女の魔力が、強過ぎる！

拮抗していた魔法は、私の青い炎が押され始めている。

このままでは――！

その時、大魔女の魔力が霧散《むさん》した。

私はその衝撃と、敵《かな》わないという絶望でその場にへたり込んでしまう。

「なに……？」

魔力を弾《はじ》かれた大魔女は不機嫌《ふきげん》そうに顔を歪《ゆが》めた。

「エリアナ様！　私もいます！　一緒《いっしょ》に戦います！」

横から不意を突《つ》き、大魔女の魔力を弾いたのは、いつの間にか私の側に寄り添《そ》うように立つメイの反魔法の魔力波だった。

メイはすぐに立ち上がれない私に代わる様に大魔女に対峙し、殿下やデイジーごと私たちの周りに反魔法をドーム状に張り巡《めぐ》らせる。絶対に魔法を通さない、反魔法防壁《ぼうへき》だ。

「メイ……」

「長くは無理ですが、少しの間私が大魔女《だいまじょ》の魔法を引きつけます！　エリアナ様は、攻撃《こうげき》だけに全力を注いでください！　私が絶対に守りますから！」

「エリアナ様、一人じゃありません！　周囲の他《ほか》の魔物は私が引き受けます！」

メイと反対側に立つサマンサ様も、魔法をどんどん放ちながら、時折大魔女に向けても攻撃魔法をぶつけていた。しかし、大魔女は煩《わずら》わしそうに軽く手を払いそれを退ける。

それでもサマンサ様が大魔女に魔法を放つのをやめないのは……少しでもその気をそらせればと思っているからだ。私が攻撃する隙《すき》を、少しでも与《あた》えるため……。

二人が私のために戦ってくれている。

だけど、私では大魔女の魔力には、敵わない……。

なおも絶望から抜《ぬ》け出せないでいると、どこからか叫《さけ》ぶような声が聞こえてきた。

「エリアナ嬢《じょう》！　諦《あきら》めるな！　君ならやれる！」

その声に、ハッと顔を上げる。

「テオドール殿下……！」

私を鼓舞《こぶ》してくれたのは、いつの間にか学園まで駆《か》け付けてきてくれていたテオドール殿下だった。殿下は私たちへ向かおうとする他の魔物たちの相手をしていた。

周りでは、騎士団や、カイゼルやクラスの仲間たち、他のクラスの精鋭《せいえい》や普通《ふつう》系列でも騎士の訓練を受けている優秀《ゆうしゅう》な生徒たちが、今もなお湧《わ》き続ける魔物と戦っている。

私の側には、私を守ろうと大魔女の前に立ちふさがり、必死に魔法を展開し続けるメイとサマンサ様。

ぐっと胸が詰《つ》まる。そうだわ、ここで私が諦めるわけにはいかない。

私は、一人じゃない！

メイとサマンサ様に守られながら、私は強いイメージを青い炎に送る。今までのように抽象《ちゅうしょう》的なイメージではなく、もっと具体的で強いイメージを……リタフールの古神殿で見た絵本を思い出していた。

悪《あ》しき魔の心臓を貫《つらぬ》く、聖女の魔法……。

願わくは……邪に落ちた彼女の心も救われますように。

魔力を増幅《ぞうふく》させ、圧縮し、密度を濃《こ》くする。強く、濃く、鋭《するど》く。そして研《と》ぎ澄《す》ます。不思議と、今までにないほどに自分の力が膨《ふく》れ上がっていくのを感じる。どうしてだろう、ついさっきまで感じていた絶望が消えていくように思える。

メイが、サマンサ様が、……テオドール殿下が。私に力を与えてくれている。

私の大事な人たちがみんな、揃《そろ》って私を心から信じてくれている。

だから私は、大魔女を貫く一閃《いっせん》を……一瞬《いっしゅん》だけでいい、私の全力を！

「⁉　な、なんなの⁉　この魔力は――」

大魔女が私の魔法の気配に気づく。けれど、もう遅《おそ》い！

うろたえ、魔法が一瞬緩《ゆる》んだ隙にメイが大魔女の魔力の全てを一瞬だけ払いのけた。

そして、メイのおかげでひらけた視界の中、私は凝縮《ぎょうしゅく》した全魔力を、大魔女の心臓めがけて一気に放出した。

その瞬間、大魔女の体が目を開けていられないほどの眩《まぶ》しい光に包まれた。同時に、何かが溶《と》けるような音と共に数多《あまた》いた魔物たちの姿が次々と消えていく。

一瞬、辺りは嘘《うそ》のように静寂《せいじゃく》に包まれた。

「聖女様……」

呟《つぶや》いたのは、騎士の誰かだったのか、それとも生徒だったのか。

「──聖女様だ！　エリアナ・リンスタード侯爵《こうしゃく》令嬢を聖女と確認《かくにん》いたしました！」

「聖女、エリアナ様が大魔女を討伐《とうばつ》！　大魔女の消滅《しょうめつ》を確認！」

神官たちの中から大きな声が上がる。ついで、わっとあちこちから歓声《かんせい》が上がった。

私、やったのね……。

「エリアナ嬢！」

周囲の盛り上がりをよそに、テオドール殿下《でんか》の声が近づくのを感じながら、私は意識を手放した。

視界が暗転するその瞬間、誰かの口元が嗤《わら》うように歪むのが見えた気がした。

❋

ああ、なんだか疲《つか》れてしまったわ……。

ぬるま湯につかったような心地《ここち》よい温《ぬく》もりに包まれて、私は揺蕩《たゆた》っていた。

もう、ずっと、こんな風にゆっくり休めていなかった気がする。

しばらく誰《だれ》にも邪魔《じゃま》されないで、こうしてゆらゆら漂《ただよ》っていたい――。

『まだ、終わっていないわよ』

はっと意識が覚醒《かくせい》した。それでもなお重いままの瞼《まぶた》をゆっくり引き上げてみると、寝台《しんだい》の天蓋《てんがい》が目に入る。ぼうっとしばらく眺《なが》めて、そこが自室だと徐々《じょじょ》に理解した。

「！　エリアナお嬢様《じょうさま》……っ！」

声にちらりと横に視線をずらすと、涙目《なみだめ》で私を見つめるリッカがいた。

私、帰ってきたんだ……。

「エリアナ様！　目が覚めたんですか⁉」

リッカの声に反応するように部屋に飛び込んできたのはメイだった。

どうしてメイが？　聞きたいのに、喉《のど》がカラカラでまだ声が出せない。

「メイ、いきなり部屋に飛び込んだらいけないわ。……エリアナ様、お加減はどうですか？」

サマンサ様までいる！

私が驚《おどろ》いているのが伝わったのか、サマンサ様は柔《やわ》らかく笑った。

騒動《そうどう》の時、強力な攻撃魔法を繰《く》り出していたサマンサ様、そして稀有《けう》な反魔法を自在に操《あやつ》ったメイは私とともに大魔女を討《う》った。二人の活躍《かつやく》は大きく誰の目にも明らかで、その存在はたくさんの貴族や神殿《しんでん》の人間の間に広く知られることとなった。騒動がまだ落ち着かない今、しばらくは二人の身の安全も保証できないということで、私が目覚めるまでの間、お兄様の提案でリンスタード侯爵邸《てい》に留《とど》まってくれていたらしい。

「私の両親は領地にいますし、伯爵《はくしゃく》家といえども我が家はあまり力を持っていませんしね。助かりましたわ」

「私は平民で寮生活《りょうせいかつ》ですし！　ずっとサマンサ様と一緒にエリアナ様の側《そば》にいられてよかったです！」

当家のお兄様やお父様は王宮でその後の対応や後始末に追われているらしく、一度も邸《やしき》に戻《もど》れていないのだとか。そういう意味でも二人がここにいてくれるのはお兄様からしても安心だったのだろう。

今回悪しき魔が現れたことはすぐに広まり、最近あちこちで魔物が増えていた影響《えいきょう》もあり混乱は王都以外にも広がった。お母様は領地に戻りそちらの対応を手伝っているようだ。

驚くことに、私が大魔女を討った後、意識を失って五日も経《た》っていた。

「ふふ、エリアナ様、驚かれるのも無理はありません。あの後どうなったかお話ししますわ」

あの後、その場にいた高位神官がすぐに私を聖女と認定した。

クラスの皆《みな》は驚いていたものの、納得《なっとく》感の方が大きかったようで、大魔女を討った高揚《こうよう》感《かん》も相まって大いに喜んでくれたらしい。

正式な聖女お披露目《ひろめ》式は後日ゆっくりと準備期間を設けて行われるらしいが、これで私が聖女であるということは周知の事実となった。

ジェイド殿下とデイジーは、テオドール殿下と、殿下が率いる騎士《きし》団に連れられてすぐにその場を去ったため、二人がその後どうなったのか、今どうしているのかは分からないらしい。

怪我《けが》人はその場に残った神官が癒《いや》した。悪しき魔が現れたにもかかわらず、死者は一人もでなかったそうだ。これは奇跡《きせき》的なことだ。皮肉にも大魔女が復活後、まっすぐに学園を目指したことがある意味幸いした結果だった。

悪しき魔からの被害《ひがい》と心の傷を長く引きずらないためにも早く日常を、という陛下の方針もあり、学園自体の復旧はなんと二日で済ませられたらしい（もちろん建物の修繕《しゅうぜん》は随《ずい》時《じ》行っていくらしいが）。それを実現できたのはドミニクの商会の協力が大きかったようだ。

そうして、私たち以外の在校生については昨日から新学期が始まっていた。

ただ、新入生の不安を予想して、さすがに入学式は少し日を置いて行われるらしい。

目が覚めた私は、すっかり体の疲れが取れて元気になっていた。元々眠《ねむ》り続けて目が覚めなかったのも、魔力枯渇《こかつ》が原因だった。

念のためにと手配してもらった医師の診察《しんさつ》を受け、明日には学園に行ってもいいとお墨《すみ》付《つ》きをもらい、サマンサ様とメイと登校できそうで嬉《うれ》しい。

皆はどうしているだろうか、ジェイド殿下は元気だろうか。

……聖女ではないとはっきりしたことになるデイジーはどうなっただろうか？

翌朝、我が家の馬車でメイとサマンサ様と一緒《いっしょ》に学園に向かうことにした。

今回のことで、私が聖女であることが皆の知るところとなってしまった。そのことを、どのように思われているだろうか。少し不安に思いながら学園の門をくぐる。

すると、何歩もいかないうちに、ソフィア様がすぐに後ろから飛び込んできた。

「エリアナ様！」

「ソフィア様？　どうされたんですか？」

「どうしたもこうしたもありませんわ！　一体何が起こっているのか……街中の人が変ですのよ！」

焦《あせ》った顔をしたソフィア様は、よく見ると小さな男の子を抱《だ》きしめている。

あれ、この子……ひょっとして、ジェイド殿下とお忍《しの》びで街に出かけた時に、私が怪我を治してあげた子じゃないかしら？　男の子は泣いていたのか、痛ましいほどに目元を赤く染めている。

私の視線に気が付いたソフィア様は、周りの視線から男の子を庇《かば》うように、さらに抱きしめる力を強める。

「この子だけが正常で……街中を泣きながら歩いていたので、保護したんです」

さっきから、変だとか、正常だとか、ソフィア様の話が見えない。

けれど、説明を受けるまでもなく、私もすぐに異変に気付くことになった。

「――悪役令嬢《れいじょう》！」

えっ……？

少し離《はな》れた場所から、突然《とつぜん》自分に向かって投げつけられた言葉に思わず耳を疑う。

「悪役令嬢」？　そう言ったの？　私が、そう呼ばれた……？

驚きに振《ふ》り向いて周囲を見回すと、近くにいる生徒たちの誰もかれもが、私に冷たい視線を向けていたのだ。

「よく学園に来られたものですわね！」

「どの面《つら》下げて登校してきたんだ」

「学園が始まっても見ないから安心していたのに」

それを皮切りに、次々と嫌悪《けんお》にまみれた声が聞こえてきた。

「な、なに……？」

怯《おび》えたようなメイと啞然《あぜん》としたサマンサ様が私の側に寄り添《そ》う。私は咄嗟《とっさ》に、ソフィア様に男の子を連れて学園を出るように促《うなが》した。

冷たい表情の生徒たちの向こうには、ジェイド殿下《でんか》がいた。

——ジェイド殿下は、デイジーと寄り添い、こちらを強く睨《にら》みつけている。

「どういうことなの……？」

大魔女《だいまじょ》はいなくなった。私が聖女だと神殿に認定《にんてい》もされた。全《すべ》て解決したと思っていた。

デイジーの力の影響もなくなったのだと、思い込んでいたのだ。

「聖女であるデイジー様を虐《しいた》げるなんて、悪役令嬢とはよく言ったものね！」

私を憎悪《ぞうお》のこもった目で睨む女子生徒の言葉を聞きながら、昨日見た夢を思い出す。

『まだ、終わっていないわよ』

ジェイド殿下の隣《となり》で、デイジーが微笑《ほほえ》んでいた。

私が学園に来るまでの間に、すっかり真実は歪《ゆが》んでしまっていた。

聖女はデイジーになり、大魔女を討ったのもデイジー。私やメイ、サマンサ様の戦いはなかったことになり、一度目以上の侮蔑《ぶべつ》と嫌悪の眼差《まなざ》しを浴び続けることになった。

さらに方々から投げつけられる冷たい言葉を拾い集めると、色々なことが分かった。

一度目と同じように、私はデイジーに非道な虐《いじ》めを繰り返したことになっていること。

おかげで久しぶりに私へ向けた「悪役令嬢」という不名誉《ふめいよ》なあだ名を聞くこととなった。

あれだけ大勢の前で宣言されたはずの私への聖女認定ももちろん事実から消え去って、近々デイジーの聖女お披露目式が行われると皆が口々に言っていた。

ここにきて、全ての現実が歪み、一度目をなぞるような展開になった。

大魔女はいなくなった。だけど、デイジーが手にした聖女の力はなくならなかったというわけなの……？

幸いなことに、これだけ事実が歪んでも大魔女の封印《ふういん》が解ける前にデイジーの影響を受けていなかった人たちは、変わらず影響を受けていないようだった。

メイやサマンサ様も、同じクラスの皆やカイゼルも……。それだけが救いだ。

「エリアナ様、何がどうなっているんですか？」

私の側に困惑《こんわく》を浮《う》かべたクラスの皆が集まってきた。

「あの女だよ。デイジー・ナエラスが何かしたんだ」

私が何か答える前に、キースがそう吐《は》き捨てる。

「だって、おかしいじゃないか。皆が見ている前でエリアナ様は大魔女を倒《たお》した。神官様だってその場で聖女だって宣言した。なのに今になってあの女が聖女でエリアナ様が悪役令嬢だって？　あの女がエリアナ様の手柄《てがら》を全部持って行って、その分エリアナ様が悪者にされてる！　元々あの女はおかしかったじゃないか！　ジェイド殿下だって、あの女が側にいるようになる前はあんなにエリアナ様を大事にしてたのに！　なんだってあんな……」

「――デイジーを侮辱《ぶじょく》するような言い方はそこまでにしてもらおうか」

ヒートアップしていくキースを止めたのは、ジェイド殿下だった。

ぐるりとそこにいる全員を睨みつけるように見回し、最後に私に視線を向けた。

射るような、冷たく、蔑《さげす》みを込めた視線……ジェイド殿下は、その腕《うで》にしなだれかかるデイジーの腰《こし》を大事そうに抱《だ》いたまま私に言った。

「エリアナ・リンスタード。話がある。ついてこい」

その冷たい声と言い方に、思わずぶるりと身体《からだ》が震《ふる》える。

いつのまにか、誂《あつら》えられた舞台《ぶたい》のように、私たちを取り囲むように生徒たちが集まってきていた。その顔には侮蔑と嫌悪、そして好奇心《こうきしん》が浮かんでいた。

ジェイド殿下とデイジーの後ろには、苦々しい顔でこちらを睨みつけているリューファス様と、不安そうに顔を顰《しか》めているカイゼルがいる。

一度目の断罪と、すっかり同じような構図の出来上がりだ。場所以外はほとんど同じ。

違《ちが》うのは、私の後を追ってきたメイやサマンサ様、クラスの皆《みな》が私を心配するように見守ってくれていることだけ。

静寂《せいじゃく》の中、一度目の断罪をなぞるかのように、聞き覚えのあるセリフが吐き捨てられた。

「エリアナ・リンスタード侯爵令嬢《こうしやくれいじょう》！　お前との婚約《こんやく》を破棄《はき》する！　デイジーに対するお前の残虐非道《ざんぎやく》な行為《こうい》は全て把握《はあく》している！　己《おのれ》の愚《おろ》かな行いを後悔《こうかい》するがいい！」

後ろの方から、息を呑《の》むのが聞こえた。

ふと、デイジーに目を向けると、その首元には、学園につけてくるには不釣《ふつ》り合いなほど美しく大きなエメラルドのネックレスが下げられていた。

――王家の至宝。

それにもう力がないのは分かっている。それでも、ここまで揃《そろ》えてくるのかと思わず嘆《たん》息《そく》してしまう。

ジェイド殿下の隣で、デイジーはゆったりと微笑んでいる。

ゆらりと、青い炎《ほのお》が体の奥で揺《ゆ》れた。

大魔女と対峙《たいじ》した時のような激しい怒《いか》りに滾《たぎ》るような熱さはない。静かに、ゆっくりと、けれど徐々《じょじょ》に大きく燃え上がっていく。

微笑みを少しも崩《くず》さぬまま、デイジーが口を開いた。

「エリアナ様、罪を認めて謝罪してください。でなければ、あなたは処刑《しょけい》されてしまうわ」

一度目の時は、ジェイド殿下の腕に絡《から》みつき、全身で怯えを表すように小柄《こがら》な体を震わせて叫《さけ》ぶように言ったセリフだった。けれど今、ジェイド殿下の腕から離れ一歩ずつ私に近づいてくるデイジーの言葉は、歌うように軽《かろ》やかだ。

ゆらり、もう一度大きく炎が揺れた。

デイジーは私の側《そば》まで歩み寄ってくると、私の両手を掬《すく》い上げるように握《にぎ》った。その指先が信じられない程《ほど》冷えていてハッとする。

「エリアナ様、どうか、どうか私の願いを聞いてください」

優《やさ》しい微笑みにじっと見つめられて、なぜか胸がちくりとする。

この感覚はなんだろうか？

ジェイド殿下はどこか戸惑《とまど》ったように、手を握り合う私たちを見ている。

デイジーが何をしたいのかが全く分からない。けれど、これがチャンスだということに間違いはない。私はデイジーの手をゆっくりと握り返す。少し力のこもった手を一瞥《いちべつ》して、デイジーは幸せでたまらないかのようににこりと笑った。

「きゃあああぁぁあ!!」

次の瞬間《しゅんかん》、その場に響《ひび》き渡《わた》ったのはデイジーの悲鳴。

私は握った手を通して彼女の体に一気に大量の魔力を流し、デイジーの中の聖女の力の消滅《しょうめつ》を試みた。

大魔女を討《う》つことができた今の私なら、きっとできると信じたい……！

悲鳴に合わせるように、デイジーの体が震え始める。それでも私は構わず、全力で魔力を注ぎ込み続けていく。攻撃《こうげき》ではない。彼女の体中に満たされた聖女の力を集めるように順番に追い回し、一所に集めていく。

……辛《つら》いでしょうね。これだけいっぱいに満たされた力が体の中で暴れているんだもの。

デイジーの悲鳴は、私の魔力とデイジーが有する作られた聖女の力の追いかけっこに体が追い付いていかない証拠《しょうこ》だ。悲鳴を上げ続けながらデイジーの目は見開かれ、その瞳《ひとみ》からはぼろぼろと涙《なみだ》が零《こぼ》れていく。

それでも止《や》めるわけにはいかない。

「止めろ！　デイジーに何をする！」

ジェイド殿下がものすごい剣幕《けんまく》で私に向けて風魔法を放つ。

しかし、それは私に届く前に霧散《むさん》した。

「エリアナ様、誰《だれ》にも邪魔《じゃま》はさせませんから！」

ジェイド殿下の魔法は、私を守る様に側に立つメイによって無効化されていた。

続いて飛び出そうとするリューファス様をサマンサ様が、なおもこちらへ向かってこようとするジェイド殿下をカイゼルが足止めする。野次馬の生徒たちは騒《ざわ》めき、うろたえ、けれど実力行使で私を止めようという者はいないようだった。

そうしている間に、ついに私の魔力がデイジーの中の聖女の力を捕《と》らえる。

あと少し、あと少し……。

しかし、デイジーは相変わらず涙を流しながら見開かれた目を真っ赤に充血《じゅうけつ》させ、顔を蒼白《そうはく》にしている。このままでは、デイジーの体がもたないかもしれない。

後ほんの少しなのに、どうすればいい……？

焦《あせ》りに冷や汗《あせ》が背を伝った瞬間、リューファス様の声が耳に飛び込んできた。

「邪魔をするなサマンサ！　エリアナ・リンスタードとともにデイジーを害する悪女め！　お前なぞ大魔女《だいまじょ》に喰《く》らわれてしまえばよかったのに！」

カッと頭に血が上る。

まさかあの男は、サマンサ様が死ねばよかったと言っているの？　いくら操《あやつ》られていようと、許されることと許されないことがある……！

怒りに視界が真っ赤に染まるとともに、体の中の青い炎がかつてないほど大きく燃え上がった。視界が赤から青に染まるような錯覚《さっかく》を覚える。まるで私の青い炎が目の前に現れたかのようだ。

――いや、現れたのだ。体の中に納まりきれなくなった青い炎が溢《あふ》れ出し、私とデイジーをまとめて包み込むように揺らめいていた。

「いやあああぁぁあ!!」

「デイジー！」

一際《ひときわ》大きなデイジーの絶叫《ぜっきょう》と、ジェイド殿下《でんか》の悲痛な叫びが重なった瞬間、ついにデイジーの中の聖女の力が跡形《あとかた》もなく消え去るのを感じた。

デイジーはふらりと崩れ落ちそうになり、慌《あわ》ててその体を支える。

触《ふ》れた彼女の体は熱を持ち、息は荒《あら》い。けれど、冷え切っていた手には温《ぬく》もりが戻《もど》り、禍々《まがまが》しい大魔女と同じ波長を漂《ただよ》わせていた彼女の中の聖女の力はもう見当たらない。

これで、ようやく終わるのね……。

安堵《あんど》から、彼女を支えたまま私もその場にへたり込んでしまう。

側にいたメイが私に駆《か》け寄り、支えるように手を差し伸《の》べてくれなければ、きっとその場に横たわってしまっただろう。

「エリアナ様！」

ジェイド殿下もその場に膝《ひざ》をついている。

疲《つか》れ切ったようなその顔は、けれども憑《つ》き物が落ちたようにすっかり表情を変えていた。

リューファス様は呆然《ぼうぜん》とその場に立ち尽《つ》くしている。

残った野次馬の生徒も、デイジーの力が消えたことで急にその影響がなくなり、事態が飲み込めない様子だ。

「エリアナ、ありがとう……それから、今まですまなかった」

やがて膝をついたままのジェイド殿下が、憔悴《しょうすい》したようにそう呟《つぶや》いた。

「殿下……」

「衛兵、デイジー・ナエラスを拘束《こうそく》して連れていけ。全《すべ》ては後で説明する」

殿下の命令に、野次馬たちの後ろに控《ひか》えていた衛兵が戸惑いながらも姿を現す。

なんとなく見覚えのある者たちだ。そうだ、一度目に私を牢《ろう》へ引きずっていった……。

恐《おそ》らくこの衛兵たちは今日、婚約破棄《こんやくはき》と処刑を宣告される予定だった私を連行するために連れて来られていたのだろう。

衛兵の手によって無理やり立たされ、いつかの私のように引きずられるようにして連れられていくデイジーは、疲れ切った様子で大人しく従っている。

へたり込んだままその姿を見つめていると、最後にデイジーがちらりと振《ふ》り向いた。

「早く連れていってくれ」

ジェイド殿下に命じられた衛兵がぐいっとデイジーを力任せにひっぱり、その顔は勢いのまま前を向く。しかし顔を逸《そ》らす瞬間、僅《わず》かにデイジーの口元が動いた気がした。

今、何か言っていた……？

けれど、何を言おうとしたのかまでは分からなかった。

それよりも――。

「ジェイド殿下、大丈夫《だいじょうぶ》ですか？　何が起こったか、覚えていらっしゃいますか？」

「ああ、本当にすまなかった……君が、私を助けてくれたんだね」

私の問いかけにしっかり顔を上げ答えたジェイド殿下は、疲れたように微笑《ほほえ》み、ゆっくりと立ち上がった。その顔はデイジーを庇《かば》い、私を罵《ののし》っていた人と同一人物とは思えないほど穏《おだ》やかだ。

デイジーとの戦いが、ついに終わったんだ……。

ジェイド殿下はまだしっかりと力が入らないようで、ふらふらとこちらへ歩み寄ってくる。私もメイに支えてもらいながら立ち上がり、殿下の側《そば》へ急いだ。

「エリアナ……エリー！」

殿下は、感極《かんきわ》まったように私の名を呼びながら手を伸ばし、ぎゅっと私を抱《だ》きしめた。

今この瞬間は誰が見ても、愛し合う恋人《こいびと》たちが互《たが》いを取り戻した、感動の抱擁《ほうよう》シーンに違《ちが》いない。

「でん、か……？」

けれどその腕《うで》の温もりに、私の中に沸《わ》き上がったのは歓喜《かんき》でも安堵でもなかった。

頭の奥で、また小さな自分の声がする。

『違う！』

ジェイド殿下の抱擁に、その背中に腕をまわして応《こた》える余裕《よゆう》は全くなかった。

まるでパズルのピースのような言葉や記憶《きおく》が頭の中を駆け巡《めぐ》る。

――子どもながらに美しいと感じた、輝《かがや》く金色。

『あと三年待って君が学園を卒業すれば』

一度目とは違う贈《おく》り物。

「また、違う」

……一度目と、ただ贈られたものが違っただけだったの？

『私は何か、大事なことを見落としているのかもしれない』

「何か、大事なことを忘れている気がするんだ」

『巻き戻って感じている違和感《いわかん》と胸騒《むなさわ》ぎ』

……違和感や胸騒ぎを覚える時、そこに共通点はなかった？

「一番の目的はジェイド殿下だったと思う」

『まるでその幸せがただのまやかしのような、今いる場所が自分の居場所ではないような』

『一度目の今日のことが、どうもモヤがかかったようにあまり思い出せない』

――不自然なまでにぽっかりと部分的に記憶がなくなっていることが多々ある……。

一度目との齟齬《そご》ではなく、記憶の欠如《けつじょ》。冷静に考えてあり得ない。

「記憶のある三人が皆《みな》そう感じるということは、一度目の時点で大事なことを忘れさせられているのかもしれないね」

『足りない。一人足りない』

どうして思い出せないだけじゃなく、記憶から一人いなくなってしまったのか。

――同じクラスの生徒は……誰一人影響《えいきょう》を受けていない。

「では、エリアナ様の魔力《まりょく》を受けたことがある者はデイジーの力では操れない？」

もし、もしも、本当にその通りだったとしたら？

でも、それならジェイド殿下はどうして……。
『愛していると言ったくせに、どうして忘れられるの！』
『君は？　君も、僕のことを嫌《きら》いじゃない？』
――ジェイド殿下が、デイジーを庇うように大魔女の前に立ちはだかって……。
嬉々《きき》としてデイジーを狙《ねら》っていた大魔女。
本当に？　本当にそうだった？
大魔女に襲《おそ》われた時、身を庇い合っていたジェイド殿下とデイジー。
……庇い合っていたように見えただけなのかもしれない？
『私から大事なものを奪《うば》っておいて』
『私はこんなこと絶対に許さない！』
大魔女を討《う》った後、意識を失う瞬間《しゅんかん》見た誰《だれ》かの口元。あの時嗤《わら》ったのは……。
『まだ、終わっていないわよ』
「元々あの女はおかしかったじゃないか！」
そう、デイジーはずっと何かおかしかった。
『エリアナ様、どうか、どうか私の願いを聞いてください』
最後に何かを伝えるように動いたデイジーの口元。
あの時、あの時デイジーは……。

「また、私を、助けてくださいますか？」

……そうだ、あの瞬間、デイジーは声にならない声でこう言ったのだ。

『約束を守ってくれて、ありがとう』

カチリ。頭の中でピースがはまる音がした。

私は思わず、ジェイド殿下《でんか》の腕からすり抜《ぬ》け、後ずさりながら距離《きょり》を取っていく。

「エリアナ……？　どうした？」

心配そうに眉《まゆ》を顰《ひそ》めるジェイド殿下。

頭の奥で小さな自分が、ずっと警鐘《けいしょう》を鳴らしている。

『違う！』

『違う！』

『この人じゃない！』

たまらず自分の体をぎゅっと抱きしめた。体の震《ふる》えが、止まらない。

「エリアナ様、どうされたんですか？」

私の様子がおかしいことに気付いたメイやサマンサ様の声が聞こえる。カイゼルもいぶかしげにこちらを見ている。

ジェイド殿下が一歩私に近づく。けれど、つられるように私は二歩後ずさった。

皆《みな》、皆騙《だま》された。最初から、全《すべ》て、とっくに操《あやつ》られていた。

私も――……。

「殿下」

「エリアナ？　もう一度ジェイドと呼んではくれないか？」

殿下はかつてのように、私に向かって困ったように微笑《ほほえ》んだ。

「第二王子殿下」

ぴたり、こちらに歩み寄っていた殿下の足が止まる。

ああ、どうして。こんな、こんな……。

吐《は》き気がする！

「――作られた聖女の力を使ったのも、デイジーを利用したのも、皆の心を操ったのも……全て。全て、あなただったのですね、ジェイド第二王子殿下」

殿下の顔から、するりと表情が抜け落ちた。

小さな自分の泣き叫《さけ》ぶ声が、大音量で頭の中に響《ひび》いている。

『――テオ様！』

第六章　真実

エリアナ嬢《じょう》を初めて見たのはいつだっただろうか。

なぜか、どんなに考えても不思議と全く思い出せないのだ。

それでも蜂蜜《はちみつ》色の髪《かみ》がキラキラと日の光を浴びて、なんだか甘そうで、美味《おい》しそうだなと馬鹿《ばか》みたいなことを思ったことだけは鮮明《せんめい》に思い出せる。

「テオドール殿下」

エリアナが私を呼ぶ声は、まるで麻薬《まやく》のようだ。一度聞けば頭から離《はな》れず、何度も思い出し、そしてまた聞かせてほしいと希《こいねが》ってしまう。

彼女が弟であるジェイドの婚約《こんやく》者なのだと考えると、ひどく絶望した気持ちになってしまう。今まで長い時間、私はこの気持ちをどうやって持て余していたのだろうか、それすらもう思い出せない。ただ、自制しようとすればするほど、抗《あらが》えないほどに強く惹《ひ》かれてしまうのだ。

エリアナ嬢が大魔女を打ち倒《たお》してから数日。

諸々《もろもろ》の後始末に追われ、眠《ねむ》り続ける彼女を見舞《みま》う暇《ひま》も労《ねぎら》う時間もない。

ただ、妹を溺愛《できあい》するランスロットも帰れていない状況《じょうきょう》なので、文句は言えないだろう。

取り急ぎ、各所の混乱を収め、出来るだけ早くエリアナ嬢の聖女お披露目《ひろめ》の式を行うことが当面の目標だ。聖女が現れた、すでに全ては終わり、悪《あ》しき魔《ま》の脅威《きょうい》は去った。そう公《おおやけ》に周知するだけでどれだけの問題が落ち着くことか。

そんな風にして数日明け方まで仕事に追われ、仮眠《かみん》程度の睡眠《すいみん》でなんとか最低限の体力を回復する。

そんな日を続けていたある朝、目を覚ますと、信じられないほど状況は一変していた。

「は……？　すまない、もう一度言ってくれるか」

「ジェイド第二王子殿下、並びにデイジー・ナエラス男爵《だんしやく》令嬢を今朝方釈放《しやくほう》いたしました」

大臣に告げられた言葉に頭が追い付いていかない。

「なぜ？　ジェイドはなんらかの力に冒《おか》されている可能性があるから、安全が保証されるまでは軟禁《なんきん》されることになっていたはずだ！　デイジー・ナエラスに至っては危険人物である可能性が高いとして貴族牢《ろう》にいれたのだろう！　なぜ二人を出した！」

しかし、大臣は不思議そうな顔で首を傾《かし》げた。

「殿下？　何をおっしゃっているのですか？　デイジー様が危険人物であるわけがないで

はありませんか。仮にも聖女様に向かってそのようなことを言うのはいかに殿下といえども褒《ほ》められたものではありません」

……こいつは、何を言っているんだ？

「そうそう、忙《いそが》しいのは分かりますが、ジェイド殿下とデイジー様への褒賞《ほうしょう》の準備にもかからねばなりませんね」

「褒賞だと……？」

大臣は、困ったように眉根《まゆね》を寄せる。

「しっかりしてください殿下。あなたの弟君が聖女様と共に大魔女を討《う》ったのですぞ。あなたが一番に二人を讃《たた》えてあげなくては。睡眠がとれなくて疲《つか》れがたまっておられるのでは？　無理にでも少しゆっくり眠る時間を作られた方がいい」

その後も大臣は意味の分からないことを延々と話し続けていた。

話している僅《わず》かな時間の中で、釈放どころか二人が囚《とら》われていた事実まで彼の頭の中からは消え去っていた。

昼過ぎ、ランスロットが憔悴《しょうすい》した様子で顔を出した。

「テオドール、何がどうなっている？」

それを聞きたいのは、私も同じだった。

なんとかジェイドとデイジー・ナエラスを監視《かんし》下に置こうと動いたが、ものの見事に私とランスロット以外は偽《いつわ》りの真実を信じ込んでいるようだった。

ランスロットによると、リンスタード侯爵《こうしゃく》もまともなままのようだが、彼一人で何ができるだろうか。案の定、デイジー・ナエラスが聖女であることに異を唱えて、危《あや》うく彼が牢に入れられるところだった。

「申し訳ない、テオドール殿下……」

なんとか身柄《みがら》を保護したリンスタード侯爵はすっかり憔悴した様子で項垂《うなだ》れた。

偽りの真実を信じている者たちの中では、エリアナ嬢はとんだ悪女ということになっているらしい。そのうち、リンスタード侯爵やランスロットもエリアナ嬢に同調し、聖女様を害そうとする悪人ということになっていった。

せめて二人を邸《やしき》に帰そうとしたが、デイジー・ナエラスの信奉《しんぽう》者のようになってしまった大臣たちが目を光らせている。二人は彼らの中ではもはや罪人のようになっている。

仕方なく、私の執務《しつむ》室のすぐ側《そば》の部屋に二人を匿《かくま》うように留《とど》まらせた。

私は王宮の者たちがおかしくなってしまってからは直接ジェイドたちを糾弾《きゅうだん》していないため、なんとか自由に動けているが、それもいつまで続くか……その日は王宮内で情報収集をして一日が終わってしまった。

エリアナ嬢に手紙を出そうにも、まるで検閲《けんえつ》のように手紙の内容まで文官に検《あらた》められているのを見つけ、断念するしかなかった。

彼女や侯爵邸《てい》に滞在《たいざい》している彼女の友人たちは、まだこの異常に気付いていないはずだ。

どうするべきか……。

焦《あせ》り、頭を悩《なや》ませていた次の日の朝、ふと、リタフールの神殿《しんでん》から持ち帰った日記が目に入った。

『リリー』と名乗っていた、貴族の女性。

期待して開いた日記は、なんの変哲《へんてつ》もない内容ばかり。

おまけにこの女性がリリーとして活動した分の日記でしかないらしく、その正体さえ読み取れはしなかった。

ため息をつきながら、日記を手に取る。

その時、溜《た》まった疲れがたたったのかふと日記を持つ手の力が抜《ぬ》け、床《ゆか》に取り落としてしまった。

カコン。

……なんだ、今の音は？

日記が落ちた音にしては不自然に乾《かわ》いた音に、すぐさまそれを拾い上げ、丁寧《ていねい》に調べる。

──分厚い表紙の中に、ほんの少しの隙間《すきま》があるようだ。

すぐにナイフでその表紙を切り開き、中を確かめると、封筒《ふうとう》に入れられた手紙のような手記が入っていた。

その内容を見て、血の気が引いた。そして、ようやく『リリー』が誰《だれ》であるか分かった。これは彼女の罪の告白であり、懺悔《ざんげ》だ。

しかし、この内容が全《すべ》て事実だとすると、まさか——……。

辿《たど》り着いた可能性に、思わず眩暈《めまい》がした。よろめき、執務机に咄嗟《とっさ》に手をつく。そこに置いてあった小さな箱に手が触《ふ》れてかたりと倒れ、少しだけ箱があいた。

気が付いたら持っていたその箱。確かに自分が購入《こうにゅう》したことは間違《まちが》いない。けれど、どうしてこんなものを買ったのかどんなに記憶《きおく》を辿っても思い出せなかった。

最初はリボンまで掛《か》けられていた。中身が何だったか心当たりがなくて、包みは自分でほどいてしまった。

大事なことを忘れている気がする。そうエリアナ嬢に言ったのは私だ。

辿り着いた可能性に、もう一つの可能性が重なる。

行き当たった真実に愕然《がくぜん》とする。信じられない思いだった。

事実が信じられなかったのではない。

——どうして、どうして忘れていられたのか。

そうだ、エリアナ嬢と——エリアナと、初めて会ったのは幼い頃《ころ》のあの日だ。自分より幼い彼女が、とても美しく丁寧《ていねい》な挨拶《あいさつ》をしてくれたことに驚《おどろ》き、その愛らしさに思わず頬《ほお》を染めて……。

手にしていた手記も投げ出し、執務室から飛び出し全力で走った。

おかしくなった大臣たちのことなど気にしている暇はなかった。

急がなければ。とてつもなく嫌《いや》な予感がする。

私がいなくなった執務室の机には、箱から顔を覗《のぞ》かせた金細工のネックレス。

そのネックレスにぶら下がる琥珀《こはく》石が、窓から差し込む日の光を反射して静かに煌《きら》めいていた。

❋

私はもう、全てを理解していた。

──聖女の力を使ったのは、ジェイド殿下《でんか》だったのだ。

デイジーは殿下に利用されただけ。聖女の力はその名の通り、女性にしか使えない。恐《おそ》らくデイジーは……ジェイド殿下が力を使う「媒体《ばいたい》」にされたんだ。

そこから何があったのかは分からない。ただ、予想することは出来る。

デイジーは、ただではやられなかった。

自らの体を依《よ》り代のようにして与《あた》えられた聖女の力と、ジェイド殿下の望みに抗《あらが》ったのだ。その結果が、小説をなぞったような、あの不可解な断罪……。

あれは、自由を失ったデイジーに出来る、最大限の私へのSOSだった！

まさか都合よく操《あやつ》ろうとした人物によって、さらに自らが操られてしまうことになるなんて、ジェイド殿下にとっては大きな誤算だったはず。デイジーの抵抗《ていこう》は、ジェイド殿下の作り上げた偽物《にせもの》の現実を包み込むように別の歪《ゆが》んだ事実を上書きした。

あの恋愛《れんあい》小説を模したような現実になったのは、偶然《ぐうぜん》だったのかもしれない。

そして今、デイジーの力の影響《えいきょう》どころか、ジェイド殿下の望みごと全ての力を私が消し去ってしまったこともまた、殿下にとっては許せない状況《じょうきょう》だろう。

殿下は小さな子どもを諭《さと》すように、眉《まゆ》を下げて困ったように笑った。

「愛するエリー……全て、思い出してしまったんだね」

「私をその名で呼ばないでください」

ジェイド殿下は傷ついたように顔を歪めた。

どうして？　どうしてあなたにそんな顔ができるの？

初めから全てが間違っていた。私の婚約《こんやく》者は、愛する人は、ジェイド殿下ではなかった！

『愛していると言ったくせに、どうして忘れられるの！』

そうだ。記憶の奥底に沈《しず》められた、全てを覚えている自分はずっと叫《さけ》んでいた。

作られた聖女の力で記憶を書き換えられてしまったとはいえ、どうして忘れてしまえたのか。

本当の婚約者。私の愛する唯一《ゆいいつ》の人。子どもながらに美しいと感じた、あの輝《かがや》く金色の瞳《ひとみ》。

テオドール様！

「なぜ……なぜ兄上でなくてはダメなんだ」

そう呟《つぶや》いたジェイド殿下の瞳には光が灯《とも》っていなかった。

私とジェイド殿下以外は、凍《こお》り付いてしまったかのように硬直《こうちょく》して動けない。恐らくまだ、聖女の力の影響の残りのせいで本当の現実の境が分からず混乱しているのだろう。

そして……消え去ったはずの大魔女《だいまじょ》の魔力の残滓《ざんし》をジェイド殿下から感じる。

いや、これは、間違いなくジェイド殿下の魔力。ジェイド殿下が……邪《じゃ》に、落ちかけているのだ。動けない皆《みな》は、その魔力にあてられて体の自由を奪《うば》われているのかもしれない。

度々《たびたび》抱《いだ》いた違和感《いわかん》と胸騒《むなさわ》ぎ。

あれは記憶を入れ替《か》えられたことに対する拒否《きょひ》反応のようなものだったんだ。

テオドール様との思い出を、愛情を、ジェイド殿下とのものだと思い込まされていた
――……。

そして、不自然な程《ほど》記憶がない部分があったこと。恐らく、単純に思い出の入れ替えが出来ない部分は記憶を抜き取るかの様に無かったことにされていたのではないだろうか。

例えば……あの、王宮での一人足りなかった夢。

全てを理解したからか、次々と記憶がよみがえり始めている。

あの時、一緒《いっしょ》に遊んでいた子たちの中にはテオドール様もジェイド殿下もいたのだ。

思い出の中のテオドール様がジェイド殿下に置き換わることによって、本来の思い出の中のジェイド殿下がいなかったことになった。

なんて愚《おろ》かで、悲しいことだろうか。

そうして、この人は聖女の力で私からテオドール様を奪ったのだ。

色々な人を犠牲《ぎせい》にすることも構わずに。

こんなこと……許せるわけがない。

大魔女と対峙《たいじ》した時とも、デイジーの力を取り払《はら》った時とも比べ物にならないほど強く、私の中の青い炎《ほのお》はくるったように暴れていた。あの時はどちらも、大魔女やデイジーも救われればいいと願っていた。今は、ひたすら怒《いか》りで……燃え上がる。

「どうして……どうしてこうなったんだ、うまくいっていた、エリアナは僕のものになるはずだった、どこから間違っていた？　……そうだ、デイジー・ナエラス、あの女のせいで失敗した、せっかく生贄に選んでやったのに……なんで、なんで、なんでエリアナは僕のものにならないの？　あの女が大人しく悪《あ》しき魔に喰《く》われていればよかったんだ……そうすればまだなんとかなった、きっとうまくいった、全部手に入った、エリアナは手に入った、」

表情を失《な》くし能面のようになったジェイド殿下は、壊《こわ》れた人形のようにずっとブツブツと何かを呟き続けている。

私も馬鹿《ばか》ではない。もう分かっていた。ジェイド殿下は、私を手に入れたくて、そのためだけに作られた聖女の力を使ったのだ。どこまで知っていてその選択《せんたく》ができたの？　ジェイド殿下はデイジーを「生贄《いけにえ》」と言った。

少なくとも知っていた。大魔女が、聖女の力を使った者を喰らいに来ることまで。

恐ろしい事実に行き当たる。

大魔女と対峙した時、二人はお互《たが》いを庇《かば》い合っていたのではない。ジェイド殿下は、デイジーを庇ったのではない。デイジーの力の影響でうまくいかずにそう見えただけだ。大魔女は最初からジェイド殿下を狙《ねら》っていた。あの瞬間《しゅんかん》、ジェイド殿下はデイジーを、自分の代わりに差し出そうとしていた……。悍《おぞ》ましさに、涙《なみだ》が込み上げてくる。

「ジェイド殿下……私はあなたを軽蔑《けいべつ》します」

ジェイド殿下はびくりと肩《かた》を揺《ゆ》らした。その目がみるみるうちに血走っていく。

「どうしてそんなこと言うの？　僕はエリアナが欲しかっただけなのに……エリアナに嫌《きら》われたら生きていけない、生きていけない、生きていけない……ああ、そうか、分かった」

殿下は泣きそうな顔で子どもが駄々《だだ》をこねるかのように言葉を連ねたかと思うと、突然《とつぜん》血走った目のままにっこりと笑った。

「僕のものにならないなら、いっそエリアナを殺しちゃえばいいんだ！　……そうすれば誰《だれ》のものにもならない」

恐ろしい言葉を無邪気《むじゃき》に言い放ったかと思うと、殿下は目にもとまらぬ速さで私に向けて強大な風魔法を放ってきた！

周りからは引きつった悲鳴が聞こえるが、誰もその場から動けない。

私は咄嗟《とっさ》に自分の魔法を放ち、殿下の魔法を弾《はじ》き飛ばす。

しかし、魔法を弾いた瞬間、ひらけた視界に飛び込んできたのはどこからか取り出した鋭利《えいり》なナイフを握《にぎ》る殿下の姿だった。

本能で悟《さと》る。あのナイフは普通《ふつう》ではない。大魔女から感じたものと同じ、禍々《まがまが》しい魔力を帯びている。呪《のろ》いがかけられている？　あれに貫《つらぬ》かれたらきっと……助からない。

魔法を弾いたままの体勢で反応が遅《おく》れてしまった。デイジーの力を払った疲労《ひろう》で、体に力も入らない。ああ、あのナイフを躱《かわ》すには、間に合わない――……。

「エリアナ！」

そう思った瞬間、聞こえてきた声と共に目の前に広がったのは信じられない光景だった。

艶《つや》やかな黒髪《くろかみ》が美しい、いつまでも恋い焦《こ》がれた後ろ姿――テオドール様が、私を庇うように、ジェイド殿下《でんか》を受け止めていた。

「そんな、兄上、どうして、また邪魔《じゃま》をする」

うわ言の様に呟き続けながら、ふらふらと後ずさっていくジェイド殿下。

その手に、ナイフが、ない。

テオドール様がゆっくりとその場に倒《たお》れこんでいく。

「――テオドール様！」

ナイフはテオドール様の胸に、深く深く沈みこんでいた。


目の前の光景が信じられなくて、私はゆっくりと倒れこんでいくテオドール様の元へ駆《か》け寄り、力を失った体を支えた。

彼の胸にはナイフが深く突《つ》き立てられていた。その顔色がどんどん悪くなっていく。手先が冷え、ヒューヒューと必死で呼吸する音だけが耳に届く。

そんな、そんな……！

急いでナイフの柄《え》に手をかざし魔力を注ごうとするが、手が震《ふる》えてしまう。このままこれを抜《ぬ》いても、恐《おそ》らく治癒《ちゆ》は効かない。

まずは、ナイフに纏《まと》わりつくこの禍々しい魔力を取り払わなければ……！

ジェイド殿下は生気を失くした様子でずっとブツブツと何かを呟き続けている。

ナイフに全《すべ》ての魔力を込めたのか、辺りを制していた威圧《いあつ》が消え、動けるようになったカイゼルが殿下を押さえ込んでいた。

苦しそうに肩で息をするテオドール様が、薄《うす》く目を開ける。

「テオドール様っ」

「エ、リアナ……どうして君を……わすれ、られたん……だろうな」

ああ、テオドール様も全てを思い出したんだ。胸が詰《つ》まって、堪《こら》えきれず涙が零《こぼ》れた。

テオドール様の血の気を失った顔に私の涙が落ちる。

ナイフに纏わりついた呪いのような禍々しい魔力は剝《は》がれない。私はもうすでに魔力を使いすぎていて、足りない、これでは助けられない……！

魔力を流し続ける私を止めるかのように、テオドール様が私の頰《ほお》に手を添《そ》える。

その手は冷え切っていて、まるで力を感じないのに、私を見つめる金の瞳《ひとみ》は信じられないほど力強く煌《きら》めいていた。

「エリアナ……エリー、わた、しの、心は、いつも……君と、いっしょに」

そう言った後、テオドール様の冷たい手が私から離《はな》れポトリとその場に落ちた。

——そんな。そんな！

『私はこんなこと絶対に許さない！』

頭が真っ白で、それなのにとめどなく思考が溢《あふ》れていく。

私はなんのために同じ時をやり直したの？　これでは私の大切なものは結局奪《うば》われたまま。一度目は何もできずに奪われた。だけど、やり直すからには好きにはさせない。私はそう誓《ちか》ったはず。それなのに結局散々好きにされてしまった。最初から後手に回ってばかり。ずっと操《あやつ》られ、目の前で今一番大切なものをまた奪われようとしている。

――いいえ、今度こそ理不尽《りふじん》な力に打ち勝ち、奪われたものを取り戻《もど》すのよ！

私の……命に代えても。

アネロ様！　どうか、私の命を彼に！

「テオドール様……何があっても、あなたを愛しています」

私は全ての魔力《まりょく》を解放して、彼の唇《くちびる》にキスをした。

「――な、なんだ⁉」

次の瞬間、辺りは目も開けていられないほどの眩《まぶ》しい光に包まれた。

カイゼルには見えていた。眩しい世界の中に紛《まぎ》れていたけれど、それでも降り注ぐように一際《ひときわ》強く輝《かがや》く光の筋があちこちに落ちていくのを。

カイゼルが押さえ込んでいたジェイドにもその筋は真っ直《す》ぐに一つ、吸い込まれるように降り注いだ。一度目に、巻き戻る瞬間に感じた光より、何倍も何十倍も眩《まばゆ》い光だった。

メイは目を開けてはいられなかったけれど、それでも感じていた。

この温かい魔力には覚えがあった。初めて会った時から、優《やさ》しい人。いつだってその力は温かかった。

「エリアナ様の、魔力……」

隣《となり》にいるサマンサは、手探《てさぐ》りでメイの手を握った。

「温かい……」

その場に残る他《ほか》の生徒たちにも光の筋は吸い込まれていく。

一際強い光を浴びているのがジェイド、次いでリューファスだった。

衛兵に囲まれて連行されていく途中《とちゆう》だったデイジーにも光は降り注いだ。

デイジーはずっとこれに似た魔力に包まれていた。作られた聖女の力。

けれど、呆然《ぼうぜん》と噛《か》みしめる。本物の聖女の魔力は、なんて幸せで優しいのだろうか。

「助けてくれて、ありがとうございます……エリアナ様」

彼女もまた、流れる涙を止められなかった。

光は、王都中に降り注いでいた。それは王宮の中にいてもはっきりと見えた。

「何が起こっているんだ……？」

「分からない……ただ、きっともう大丈夫《だいじようぶ》だ。何もかも」

茫然《ぼうぜん》と呟《つぶや》くリンスタード侯爵《こうしやく》に、ランスロットは静かにそう答えた。

「エリアナ、エリアナ……愛してる」

光の中心で、小さくそんな声がしていた。

その光が消えてなくなるまで、随分《ずいぶん》長い時間がかかった。

やがて世界を包んだ奇跡《きせき》が落ち着いたとき。そこにはエリアナとテオドール、涙を流して抱《だ》きしめ合う二人の姿があった。


この文章を読んでいる誰《だれ》かに、まずは懺悔《ざんげ》いたします。私は、自らの罪を公《おおやけ》にする勇気を持てず、こうして紙に記すことでアネロ様に許しを乞《こ》う卑怯《ひきょう》な人間です。

私には幼馴染《おさななじみ》の男性が居ました。私は小さな頃《ころ》からずっと彼のことを愛していました。心のどこかで、いつか彼と私は結ばれるのだと、そう信じていました。これだけずっと一緒《いっしょ》にいるのだから、きっと彼も私を愛しているはずだと、そう思っていたのです。

けれど、私は彼に嫁《とつ》ぐには身分が足りなかった。

王立学園に通っている間も、私は彼の側《そば》にいました。身分の壁《かべ》はどうしようもないと分かっていたけれど、それでも私を愛しているのなら彼がどうにかしてくれるのではないか、そんな期待を抱《いだ》いていました。しかし、そんなものは夢物語でしかありませんでした。

彼には直に、婚約者《こんやく》が出来ました。学園でお互《たが》いを見初《みそ》めた、彼の身分には珍《めずら》しい恋愛《れんあい》結婚《けっこん》となるお相手です。

そう、彼は私のことなど愛してはいなかった。

私は彼と、彼の婚約者と親しく過ごし、ずっと仲の良い友人として側にい続けました。

彼の婚約者は見目も成績もよく、家柄《いえがら》も高い、大変人気のあるご令嬢《れいじょう》でした。浅ましい私は、彼女が彼に愛されているのも、他の男性が彼女に恋心《こいごころ》を抱いているのも、次第《しだい》に許せなくなっていきました。

それでも、どうにもできはしません。

私は彼の薦《すす》めで彼の側近たる人物と結婚し、子どもを産み、彼と彼女の子どもの乳母《うば》に収まりました。彼とよく似た顔で、彼の髪《かみ》色を持ち、彼女の瞳を受け継《つ》いだ二人の次男。

可愛《かわい》くて、愛《いと》しくて、憎《にく》かった。

私は自分の子どもを蔑《ないがし》ろにして、その子にだけ愛情を注ぎました。彼への愛情を、彼の子どもに注いだのです。それは偏愛《へんあい》というに相応《ふさわ》しい、歪《ゆが》んだものでした。

彼女は産後の肥立ちが悪く、その子に会うことはほとんど叶《かな》いませんでした。私はその子の母親のようなつもりになっていました。

そして、私はその子に物語のように聞かせ続けました。

作られた聖女の力について。その使い方について。

それは私がまだ結婚するまえに通っていた神殿《しんでん》で知った事実でした。

それは、私にとって希望の象徴《しょうちょう》でした。

かつて、愚《おろ》かにも私はその力を使おうとしました。でも、資質も魔力も足りず、使うことが出来なかった。

その未練が、私にその話をさせたのです。深い意味はなかった。どうせ意味は分からないのだから大丈夫、そんな軽い気持ちで。

私の夫となった人物も、彼女に思いを寄せていたことを知っていました。だから余計に、自分の子どもも憎かったし、夫も憎かったし、彼女も憎かった。

憎しみを裏返したような愛情を、二人の子どもに捧《ささ》げ続けました。

そして、彼女を呪《のろ》っていったのです。

告白します。彼女が病床《びょうしょう》からなかなか出ることが叶わなかったのは、私が呪い続けていたからなのです。

しかし、ある時信じられないことが起こりました。夫が私に、「愛している」と告げたのです。いつもありがとう、お前を愛している、と。その言葉を聞いて、目が覚める思いでした。私だけが過去に囚《とら》われ、全ての人を呪い続けていたのです。

二人の子どもに歪んだ愛情を注ぎ、自分の子どもを蔑ろにし、夫と向き合うことをせず、罪のない彼女を呪い続けた私。

私は後悔《こうかい》し、夫に全《すべ》てを告白しました。

呪いをかけるのを止《や》め、懺悔のために遠い地の神殿に赴《おもむ》き、自分の家族に向き合う日々。かけ続けた呪いは解けると同時に私に返ってきました。私はもう、長くはないでしょう。

ただ、もう一つ、取り返しがつかないことがあったのです。

私が愛した二人の子ども。

あの子は驚《おどろ》くことに、乳飲《ちの》み子だった頃からの私の言葉を全て記憶《きおく》していました。そして遅《おく》れて言葉の意味を理解し、作られた聖女の力についての知識を持ってしまったのです。

正直に申し上げます。邪《じゃ》に落ちる者には、それだけの資質があります。

間違《まちが》いなくあの子にはその資質がありました。

自分の欲しいものを手に入れるためならば、残酷《ざんこく》な選択肢《せんたくし》を選べてしまうのです。

何度諭《さと》しても、それがどうして悪いのか理解できないようでした。

だからこそ、あの子に作られた聖女の秘密を教えてはならなかった。

私は取り返しのつかない罪を犯《おか》してしまったのです。

何も起きないように、願うばかりです。

万が一あの子が道を外れる時、恐《おそ》らく私はもうこの世にはいません。

私には止めることができないのです。

夫に、その時はどうかあの子を救ってほしいと願いを託《たく》して私は死にゆきます。

全ては私の責任です。

一人だけ、死に逃《に》げることをお許しください。

○○年□月×日
コリンヌ・クライバー

「どうしたの？　泣いてるの？」

『……？』

「一人なの？　何か悲しいことがあったの？」

『――母上が……僕とは全然一緒にいてくれない』

「そうなんだね……それじゃ寂《さみ》しくて当たり前だよ」

『きっと母上は、僕のことなんてどうだっていいんだ。僕のことなんてきっとみんな嫌《きら》いなんだ』

「そんなことない！」

『……っだって、』

「大丈夫、大丈夫。あなたを嫌いなわけないよ！」

『君は？　君も、僕のことを嫌いじゃない？』

「え？　私？　もちろん！　そんなの当たり前だよ！」


エリアナ、きっと君は忘れているだろうね。

私と君が最初に出会ったのは、実は君と兄上が出会うよりも前だったこと。

優《やさ》しい君にとってはなんてことない出来事だっただろう。

でも間違いなくその時に私は恋に落ちて、エリアナが欲しくてたまらなくなった。

待っていて与《あた》えられるものなんてほとんどなかった。

王子という身分なんてなんの役にも立たず、与えられるのは兄上ばかり。

だから昔から、欲しいものができると、どうにか手に入れられるように頑張《がんば》るようになった。

まだ私が幼い子どもだったある時、普通《ふつう》に頑張っても手に入らないものができた。

一人の騎士《きし》だ。お気に入りの絵本の中の騎士にそっくりで、どうしても側に置きたくなった。

だからお願いした。「あの騎士を僕の護衛騎士にして」

でも父上は認めてはくれなかった。その騎士自体は私の騎士になるに申し分のない人物だった。それは分かっていたからきっと通ると思っていた。しかし、その時私には専属の護衛騎士が選ばれたばかりだった。よく分からないけれど、それはなんらかの功績を残したその人物への褒賞《ほうしょう》としての人事だった。だから、その約束を反故《ほご》にすることはできないのだと。父上は困ったように笑って言った。「あと少し早ければね」

それを聞いて思った。——つまり、そいつがいなかったらあの騎士が手に入るということ？

私はなんとか策を巡《めぐ》らせた。

その結果、私の護衛騎士になるはずだった人物は足を失うことになり、到底《とうてい》騎士を続けていられなくなった。もちろん私の護衛騎士の話はなくなった。私は欲しかった騎士を手に入れた。

大満足の結果だった。頑張って、欲しいものを手に入れたのだ。

人に知られるべきではないことはなんとなく分かった。だから一応黙《だま》っておいた。

幼い子どもである私が関与《かんよ》しているなど誰《だれ》も疑いもせず、私も証拠《しょうこ》は残さなかった。その人物に起こったことは、不幸な事故として片づけられた。なくなった褒賞の代わりとその後の人生の保障に、彼は莫大《ばくだい》な財産を手にすることになった。

ほらね、皆《みな》幸せだ！　なくなったのは彼の足だけ。

彼が足を失わなければ、私が欲しかった騎士を失っていた。帳尻《ちょうじり》は合っている。そう思った。

しかし、そんな私の心に一人だけ気付いたものがいた。

乳母《うば》のコリンヌだ。

「欲しいものを手に入れるために努力することは素晴《すば》らしいことです。けれど、人を傷つける手段はいかにジェイド様でも許されることではありません」

意味が分からなかった。私に、欲しいものも手に入れられない不幸な人間になれということ？

コリンヌは何度も私に説得するような話をしてきた。

納得《なっとく》できなかったが、表向きは理解したふりをした。

コリンヌのことは好きだったから、悲しませないためにそれからはなるべく穏便《おんびん》な手段をとるようにした。元々、そんなに欲しいものが出てくる質《たち》ではない。

けれど、けれど、エリアナと出会ってしまった。

私が先に出会ったのに、彼女は兄上の婚約《こんやく》者になった。さすが兄上だ、見る目がある。しかし到底許せなかった。「この中からならどの子を選んでもいい」なんて、最高に贅沢《ぜいたく》な選択肢をもらったのに、どうしてよりによって彼女を選ぶんだ！　わかってる。彼女が魅力的《みりょく》だからだ。兄上が選ぶのも納得だ。彼女より他《ほか》の令嬢《れいじょう》を魅力的だと思っていたとしたら、きっと兄上の目は節穴だと思っただろう。心の中がぐちゃぐちゃだった。

でも、やっぱり、許せない。

少し成長した私は、諦《あきら》めることも覚えていた。

けれど、エリアナだけはどうしても欲しかった。

兄上のことは好きだ。兄上を傷つけたくはない。

それに、どうやらエリアナも兄上のことが好きらしい。

なんで。どうして。羨《うらや》ましい。許せない。

兄上は素晴らしい人だから、当然だ。

でも、どうして私じゃないんだろうという思いは消えなかった。

私は考えた。

そして、いいことを思いついた。

コリンヌが教えてくれた、「作られた聖女の力」！

あれを使えば、全部手に入るのではないか？

エリアナも、エリアナと兄上の思い出も、エリアナが兄上に向ける愛情も。

そうだ、普通に頑張って手に入らないなら、手段を選んでいられない。

それなら全部、兄上からもらえばいいんだ。

コリンヌが寝《ね》かしつけの読み聞かせで乳飲《ちの》み子の私に聞かせてくれた話をどうにか全部思い出した。私は全《すべ》て覚えていた。コリンヌにいつか教えられた。「それは普通の人には出来ないのだ」と。普通と違《ちが》うということを、普通の人は受け入れられないことがあるらしい。怖《こわ》がられるかもしれないと言われ、コリンヌ以外には誰にも教えたことはない。

別にどうでもよかったけれど、コリンヌのことは悲しませたくなかったから。

知識をかき集め、手段を選ばず調べ上げた。

さすがになかなか難しくて、何年もかかった。

やっと力が込められた王家の至宝にまでたどり着いて、私は興奮した。

しかしすぐにがっかりする。

魔力《まりょく》も資質も足りているようだったのに、どうしても力を取り出せない。

「聖女の力」なのだ。——器《うつわ》になる、女の魔力が必要だった。

それからもずっと考えていた。

コリンヌはもう儚《はかな》くなってしまい、いなくなっていたけれど、私も倫理《りんり》観というものを学んでいた。誰彼《だれかれ》構わず利用してはいけない。それに、聖女の魔力を扱《あつか》える最低限の資質がなければいけない。私の魔力も使うから、最低限でいいけれど、誰でもいいわけではなかった。

　そんな時だった。

「ジェイド第二王子殿下《でんか》！　よろしければ来週の先輩《せんぱい》方の卒業パーティーの時に私と踊《おど》ってくださいませんか⁉」

　突然《とつぜん》声を掛《か》けてきた、頰《ほお》を染めた女子生徒。

　普通に不敬だと思うが、最近はこういうことが増えていた。

　巷《ちまた》で流行《はや》っている、恋愛《れんあい》小説の影響《えいきょう》らしい。

　慎《つつ》ましいはずの貴族令嬢が、物語のようなシンデレラストーリーを夢見て私に声を掛けてくるようになったのだ。

　うんざりとした思いでその日も断りを入れようとして、思わず目を瞠《みは》った。

　感情が昂《たかぶ》りすぎてか、彼女の体から光魔法の粒子《りゅうし》があふれ出ていた。はは、そんな馬鹿《ばか》なことがあるか？

　後から聞くと、この瞬間《しゅんかん》に光魔法に覚醒《かくせい》した普通系列の生徒だった。笑ってしまうほどお粗末《そまつ》な覚醒の瞬間だ。

　しかし思った。

　――この女ならば、いけるのではないか？

　そうして決めた。この女子生徒を「生贄《いけにえ》」にしよう。

　それがデイジー・ナエラス男爵《だんしゃく》令嬢だった。

パーティーで踊ることを了承《りょうしょう》し、徐々《じょじょ》に仲を深め、贈《おく》り物をするようになった。

二年次から魔法系列に移った彼女にいつでも寄り添《そ》ってやった。

彼女は物語の主人公にでもなったような顔で喜んでいた。男爵家の令嬢が私の寵愛《ちょうあい》を得たと周りは囁《ささや》いた。きっと天にも昇《のぼ》る気持ちだっただろう。彼女は幸せそうだった。

君の望みは叶《かな》えた。これで、帳尻は合うだろう？

そして私は、「王家の至宝」を彼女に与《あた》えた。たくさんの私の魔力と、心からの私の望みをいっぱいに詰《つ》め込んで。

後はエリアナ、君の想像通りだろう。

まさか完璧《かんぺき》だと思った私の計画が、ただの「生贄」に過ぎなかったデイジー・ナエラスのせいで破綻《はたん》するとは、さすがの私にも予想は出来なかったけれど。

もう一度やり直せるなら、きっと私は同じことをするだろう。

今度こそうまくやるために、少しだけ反省を活《い》かして。

後悔《こうかい》はしていないし、するつもりもない。

だって、どうしても欲しかったから。

ただ、それだけ。

終章　幸せな物語は続く

「エリアナ様、本当にお綺麗《きれい》です！　ドレスもとっても似合ってらっしゃいますよ」

「ありがとう！　素敵《すてき》なドレスとあなたのおかげよ！」

賛辞の言葉に私がそう返すと、リッカは嬉《うれ》しそうに微笑《ほほえ》んだ。

リッカが退室した後、もう一度鏡に映った自分の姿をじっくりと確認《かくにん》する。

裾《すそ》に向けて紺《こん》から黒のグラデーションになっている夜空のようなドレス。裾や胸元《むなもと》のレースには細かい金色のラメがまるで星のようにキラキラと散っている。

私と……テオドール様の色のドレス。

煌びやかな金細工にルビーが美しい首飾《くびかざ》りもテオドール様からの贈《おく》り物だ。それを邪魔《じゃま》しないように、そっと胸元に忍《しの》ばせた琥珀《こはく》石のネックレスを撫《な》でる。

あれから数日が経ち、やっと落ち着いてきたということで、今日は大魔女《だいまじょ》を討ったことを祝う夜会が開かれるのだ。もうすぐテオドール様がエスコートのために迎《むか》えに来てくださることになっている。

——あの日、王都中に降り注いだ私の聖女の魔力を源とした光は、全ての歪《ゆが》んだ現実を正常に戻《もど》した。その後の記憶《きおく》の在り方には個人差があるようで、デイジーやジェイド殿下《でんか》とよほど近しい存在だった者や、強く影響《えいきょう》を受けていた者以外は、作られた聖女の力の影響を受けていた部分の認識があやふやになっているようだった。そのため、王家からの公式の発表としては事件の大部分は全て私が討伐《とうばつ》したあの悪《あ》しき魔の影響であるとして片づけられた。混乱を最小限にするためには仕方ない。

けれど、二人に近しい人物や影響を強く受けていた人物、逆に影響を受けていなかった人たちについては全ての記憶が残った。学園でジェイド殿下に近かった者、主にリューファス様や高位貴族の子息令嬢《れいじょう》と、両陛下並びに王宮の重要役職についている大臣たちなど、その人数も少なくはない。

しかし、そもそもの元凶《げんきょう》が第二王子。これは国としての大きな醜聞《しゅうぶん》だということで、きつく箝口令《かんこうれい》が敷《し》かれた。口を閉ざすように言われた貴族たちは、つまり操られた者たちでもある。プライドの高い高位貴族たちは決して事実を漏《も》らさないだろう。

さすがにお咎《とが》め一切なしとはいかない者たちは、ひっそりとその後の処遇《しょぐう》が決まった。

まずリューファス様だ。

リューファス様は、サマンサ様との婚約《こんやく》を解消することになった。

コリンヌ様の行動が、ジェイド殿下が引き起こしたことのきっかけの一つだったことは非常に重く受け止められた。また彼女は王妃《おうひ》陛下に害をなした疑惑《ぎわく》も持たれている。本人はすでに故人のため、クライバー子爵《ししゃく》家が責任を取る形だ。リューファス様は本人の希望で、環境《かんきょう》の過酷《かこく》な辺境の地の衛兵に志願した。彼の父親、クライバー子爵も騎士《きし》団長の職を辞した。爵位の返上も申し出ているらしいが、今のところは陛下が止めている。

婚約解消について、サマンサ様は気丈《きじょう》に振《ふ》る舞《ま》っていた。きっと辛《つら》かったと思う。二人はちゃんと想《おも》い合っていた。サマンサ様は許すと言った。それでも、リューファス様が譲《ゆず》らなかった。作られた聖女の力の影響下での言動は、本心ではなくとも本質が出るのだという話を聞いた。リューファス様の抱《かか》える何かが彼にサマンサ様を必要以上に罵倒《ばとう》させたのだろうか。自分を許せないと、苦しそうにしていたのを私も何度か見た。

「君を愛しているからこそ、君とともに在るのが辛い」

そう言われてしまったらしい。自分の想いを押し通して彼の負担になるのは望まないとサマンサ様は寂《さみ》しそうに笑っていた。

デイジーは国にはいられなくなった。彼女は被害者《ひがいしゃ》であり、ジェイド殿下の引き起こしたことを止めた一番の功労者でもある。彼女が処罰《しょばつ》を受けるなんておかしいと思ったけれど、事情を知らない人の目にはそうは映らない。そこで処罰の代わりにテオドール様の手配でスヴァン王国へ留学することになり、すでに向こうでの生活を始めている。

「もう王族に夢を見るのはこりごりなので、向こうでそこそこの爵位のいい男を捕《つか》まえて結婚《けっこん》して移住します！」

彼女はそう言って明るく笑っていた。なんて強い女性なんだろう。この朗《ほが》らかで明るく、憎《にく》めない姿こそが本来の彼女だった。きっとデイジーは幸せになれる。

ジェイド第二王子殿下は……生涯幽閉《しょうがいゆうへい》が決まった。

事実を民《たみ》に曖昧《あいまい》に隠《かく》したため、表立った処罰は出来ず、公式には病気のため療養《りょうよう》ということになっている。処刑《しょけい》などとならなかったのは、恐《おそ》らく彼の動機である私の心を慮《おもんぱか》ってテオドール様が尽力《じんりょく》してくださったのもあるのではないかと思う。それに……私の魔力《まりょく》で全ての影響が取り払《はら》われた後、彼はまるで幼い子どものようになってしまった。心が強く邪《じゃ》に落ちかけてしまっていたため、それが取り払われる反動が大きかったのだと思う。

胸が苦しくないと言えば……嘘《うそ》になる。

一時期は、私だけが幸せになっていいのか、このままテオドール様の隣《となり》にいる資格があるのかと、眠《ねむ》れない夜を過ごす日々を送ったけれど、そんな私を叱《しか》ってくれたのは、誰《だれ》よりも辛い思いをしたはずのデイジーだった。

「どこの誰がエリアナ様が不幸になるのを望んでいるんですか？　あなたが幸せにならなければ、結局ジェイド殿下の思うつぼです！　そんなの悔《くや》しいじゃないですか！」

デイジーには、本当に感謝しかない。

そうして、全てを取り戻した私たちは——……。

「エリアナ……今日の主役の君に、これを」

迎えに来てくださったテオドール様は真っ赤なバラの花束をくださった。

ふふふ、やっぱりこの方がくださる花束はいつも一色で揃《そろ》えられているのよね。

「ありがとうございます、テオ様」

テオドール様はすぐにこちらに近づくと、私の額にキスを落とした。

「ドレスも似合っている……君は今日も本当に綺麗だ。このまま誰にも見せずに王宮に攫《さら》ってしまいたい」

「まあ、それは困ります」

笑って答えると、テオドール様は私の腰《こし》をぐいと引き寄せた。その瞳《ひとみ》には甘い熱がこもっている。

「愛するエリー、本当に、今日という日を迎えられてよかった。君を、取り戻すことができて……」

「はい……」

言いたいことはたくさんあるのに、胸が詰《つ》まってしまって、返事をするので精いっぱい。

「私はもう、本当に君が居なければ生きていけない。……君とのことを忘れさせられている時だって、いつもエリアナのことで頭がいっぱいだった。何度出会いなおしてもきっと私は、エリアナを愛するのを止められないんだろうな」

涙《なみだ》が、込み上げてくる。もう、せっかくリッカに綺麗に化粧《けしょう》してもらったのに……。

思えば、作られた聖女の力に翻弄《ほんろう》されている間もいつだってテオドール様は私を気遣《きづか》い、誰よりも私の味方でいてくれた。こんなに温かい人が、愛する人が、愛してくれる幸せは、ものすごい奇跡《きせき》だともう知っている。

「エリアナ、ずっと私の側《そば》にいて……君を愛しているよ」

「私も――……」

言葉を紡《つむ》ごうとした唇《くちびる》を甘いキスにふさがれて、その先は言わせてもらえなかった。

テオドール様にエスコートされ、会場に入る。

私たちが姿を見せると、会場中から小さな歓声《かんせい》やほうっといったため息が漏れた。

「今日も目立っているね、二人揃うとやっぱり圧巻だ」

「カイゼル」

そっと近づいてきたカイゼルが笑いながらそんなことを言う。

隣には彼にエスコートされながら同じように笑うサマンサ様。

リューファス様は婚約解消後、すぐに辺境へと向かった。そのため夜会では、相手のいない、余計な感情のない者同士でパートナーを務めることにしたらしい。

「エリアナ様、今日も完璧《かんぺき》に美しいですわ！　そして今日のドレスも素晴《すば》らしいですわね……全身殿下《でんか》のお色……テオドール殿下、とっても愛が重くて素敵です」

「やあ、サマンサ嬢《じょう》。そういう君も、ひょっとしてそのドレスが紫色《むらさきいろ》なのは私のエリアナの瞳を取り入れたのかい？　……ちなみに愛が重いは誉《ほ》め言葉だよ、ありがとう」

にっこり笑ってテオドール様を揶揄《からか》うサマンサ様に、笑顔《えがお》で飄々《ひょうひょう》と返すテオドール様。

最近、いつだって私を片時も離《はな》さず独占《どくせん》したがるテオドール様と、同じように私の側にいたがるサマンサ様はなぜかこうして静かにバチバチやり合うようになった。

もちろん本当に仲が悪いわけではない。むしろ笑ってしまうほど仲良くなっている。

たまにこっそり私の話で盛り上がっているのを知っているけれど、それは恥《は》ずかしいので正直なところちょっと止《や》めてほしい。

「この二人も相変わらず仲が良くて何よりだよ……とはいえ、本当に今日のドレスも良く似合っていて綺麗《きれい》だよ。ランスロット様がまた悔しがったんじゃない？」

「ふふふ、自分がドレスをプレゼントしたいって最後まで駄々《だだ》をこねて大変だったわ」

お兄様は先に会場に向かったから、どこかにいるはず。あとでダンスを踊《おど》ってもらおう。

「もう！　全員目立つんですって！　すごーく見られてますよ！」

「あら、メイ遅《おそ》かったわね」

「サマンサ様がこの人数の中エリアナ様の所へ辿《たど》り着くのが早すぎるんですよ……」

呆《あき》れたように返すメイとどこ吹《ふ》く風のサマンサ様の掛《か》け合いもいつもの光景だ。

時間が巻き戻《もど》ってからは、夜会ではいつもそう。こんな風に笑っている間にいつのまにか皆《みな》が集まってくるところまでがお決まりだ。

きっと、この先の学園生活もこうして楽しく過ごせるに違《ちが》いない。

そうして話しているうちに、あっという間に楽団の演奏が始まり、テオドール様がにこりと笑って私に手を差し出した。

「エリアナ、君は本当に人気者だね。君が大好きな人たちに囲まれている姿を見るのが私の幸せの一つだ」

踊《おど》りながら、テオドール様はそんなことをおっしゃった。

色々あった。本当に色々。だけどこうしてたくさんの大好きな人たちに笑顔を向けられていると、起こったことの全てが今日の幸せにつながっていたと思える。ジェイド殿下のことがなければ？　私が聖女じゃなければ？　やり直しなんてできなかったとしたら？

色んな未来が可能性としてあったと思う。悲しいこともちろんあった。

「……でも、一番の幸せはやっぱり、こうして私の腕《うで》の中にエリアナがいることだ」

テオドール様が踊りながら腰に回した腕にぎゅっと力を入れて体をさらに引き寄せる。

「私も……どんな幸せな瞬間《しゅんかん》も心の真ん中にはいつだってテオ様がいます」

私の言葉にテオドール様は幸せで仕方ないというように甘く微笑《ほほえ》んだ。

——一度目は、ジェイド殿下に謂《いわ》れなく責め立てられ断罪された。私の味方は一人もいなくて、誰もが冷たい視線と憎しみをこちらに向けた。だけど今は、こんなにも笑顔に溢《あふ》

れていて、頼《たの》もしく愛すべき味方ばかりで……。

そして、心から愛する人に、溢れんばかりの愛を貰《もら》って幸せに溺《おぼ》れている。

皆の熱い視線を感じながら、それでもまるで二人きりの世界のように、私たちは幸せをかみしめながら踊り続けた。

そうして、幸せに包まれた夜は、温かい笑顔に囲まれてあっという間に更《ふ》けていった。

夜会も終わり、テオドール様と二人きり。

「エリアナ……エリー……ありがとう」

テオドール様は泣きながらぎゅっと私を抱《だ》きしめた。私も込み上げる涙を堪《こら》えられない。

「テオ様……愛しています、これからも、ずっと……」

テオドール様は泣きながら微笑んで、瞼《まぶた》に、頬《ほお》に、私の涙を舐《な》めとるようにたくさんのキスを降らせてくれた。そして最後に、唇に深い深いキスを……何度も。今夜はきっと、いい夢を見られるに違いないわ……。

そうして私たちの物語は、これからもずっと続いていくのだ。

夢のように幸せな人生が……幕を下ろすその日まで。

あとがき

初めまして、星見《ほしみ》うさぎと申します。この度《たび》は本作をお手にとっていただき本当にありがとうございます。本作は私が初めて書いた長編小説で、とても思い入れがあり気に入っている作品です。そんな作品をずっと憧《あこが》れだった角川ビーンズ文庫様から出版させていただけること、本当に嬉《うれ》しく思っています。

超絶素敵《ちようぜつすてき》なイラストは切符《きっぷ》先生が描《か》いてくださいました。ずっと可愛《かわい》いな、魅力《みりよく》的だなとイラストを拝見していたので、担当していただけてすごく嬉しかったです。

最後になりますが、イラストを担当してくださった切符先生、大変お世話になった担当様、本作に携《たずさ》わってくださいました全《すべ》ての方々、そして何よりこの本を読んでくださいました読者の皆様《みなさま》に、心より感謝申し上げます。本当にありがとうございました。

どうか少しでも楽しんでいただけていますように。

それでは、また皆様にお目にかかれることを願って。

星見うさぎ

BEANS BUNKO

「聖女の力で婚約者を奪われたけど、やり直すからには好きにはさせない」の感想をお寄せください。
おたよりのあて先
〒102-8177　東京都千代田区富士見2-13-3
株式会社KADOKAWA　角川ビーンズ文庫編集部気付
「星見うさぎ」先生・「切符」先生
また、編集部へのご意見ご希望は、同じ住所で「ビーンズ文庫編集部」
までお寄せください。

聖女《せいじょ》の力《ちから》で婚約者《こんやくしゃ》を奪《うば》われたけど、やり直《なお》すからには好《す》きにはさせない

星見《ほしみ》うさぎ

角川ビーンズ文庫　24020

令和６年２月１日　初版発行

発行者――――山下直久
発　行――――株式会社KADOKAWA
〒102-8177　東京都千代田区富士見2-13-3
電話 0570-002-301（ナビダイヤル）
印刷所――――株式会社暁印刷
製本所――――本間製本株式会社
装幀者――――micro fish

●お問い合わせ
https://www.kadokawa.co.jp/（「お問い合わせ」へお進みください）
※内容によっては、お答えできない場合があります。
※サポートは日本国内のみとさせていただきます。
※Japanese text only

ISBN978-4-04-114575-3 C0193 定価はカバーに表示してあります。
◇◇◇